und wenn sie nicht gestorben sind

Wolfgang Tschapka

# und wenn sie nicht gestorben sind

30 Märchenmonologe

Bibliografische Information der Deutschen Nationalbibliothek:
Die Deutsche Nationalbibliothek verzeichnet diese Publikation
in der Deutschen Nationalbibliografie; detaillierte
bibliografische Daten sind im Internet
über dnb.dnb.de abrufbar.

Herstellung und Verlag:
BoD – Books on Demand, Norderstedt

ISBN: 978-3-7448-0282-6

# Sneewittchen

Endlich Frieden! Wie schlafend liegst du da; der Gesang der Vögel und das Rauschen der Baumwipfel im sachten Wind, all diese zarten Geräusche, die von draußen durch das Fenster und die offene Türe hereindringen, werden nicht mehr übertönt von deinem Würgen und Keuchen, von den erstickten Versuchen des Schreiens, während sich dein Körper minutenlang gegen das Sterben wehrte, sich herumwarf, vergeblich ankämpfend gegen das Gift in dem Apfelbissen in deinem Hals. Du konntest ihn nicht mehr hervorwürgen, der Rest der von mir so sorgfältig präparierten Hälfte war schon lange vorher aus deiner Hand gefallen. Ich muss ihn dann gleich sorgfältig entsorgen, wahrscheinlich verbrennen oder vergraben, irgendwo.

Jetzt liegst du da. Wie schön du bist!

Ja, du bist wirklich schön, die bösartigen Botschaften an meinem Spiegel haben nicht gelogen. Und sogar eben jetzt, als du mir den letzten verzweifelten Blick zuwarfst, bevor sich deine Augen verdrehten und du im Tod erstarrtest, ich weiß nicht - war da immer noch Triumph in deinem Blick? Ein letzter, umso gnadenloserer Triumph, die siegessichere Gewissheit eines Menschen, der weiß, dass er dem Anderen nach allen Demütigungen und Schikanen auch diese letzte noch angetan hat, nämlich ihn zum Mörder zu machen?

Hätten wir einander nicht auch lieben können? Und wenn nicht lieben, dann wenigstens gernhaben; und wenn nicht das, zumindest einander akzeptieren, hinnehmen meinetwegen. Hinnehmen, so wie wir nun einmal waren und als was wir einander gegenüberstanden: Tochter und zweite Mutter.

Aber vielleicht habe ich nicht gelernt, dich so zu sehen, wie du wirklich bist; als Menschen, der anderen Unglück bringt; als Frau, die das Unheil wie einen Laden vor sich her trägt und Schlimmes ausstreut über die Häupter derer, die ihr begegnen.

Deine eigene Mutter hast du mit deiner Geburt getötet. Ich weiß, du kannst nichts dafür, nicht im eigentlichen Sinn, aber so fing dein Leben an, und so ging es weiter und wäre noch weitergegangen, als hättest du beim Überschreiten jener Schwelle einen boshaften Dämon in deine Welt mitgetragen, ein gemeines Wesen, das auf deiner Schulter hockte und, während dein engelsgleiches Gesicht lächelte, Grimassen schnitt und dir Bosheiten und die übelsten Streiche einflüsterte.

Dein armer Vater konnte dich und deinen Dämon nicht bändigen. Er hat ja als König so viele andere Dinge im Kopf; wollen wir ihm das zugute halten. Und er hat in dir halt auch immer deine Mutter gesehen, seine erste, über alles geliebte Frau. Wir glauben ja immer, an den lieben Verstorbenen weiß Gott was noch alles gut machen zu müssen. So wollte er das an Liebe und Verständnis, dessen er bei deiner Mutter nicht fähig gewesen war, dir, seiner einzigen Tochter, zuteil werden lassen. Schon der Name, den er dir gab, ist ein Kosewort: Sneewittchen hat er dich, in dem eigenartigen Dialekt dieses Landes, genannt. Weiß wie Schnee solltest du sein, mein Gott! Ich weiß, wie Neugeborene aussehen; rot und faltig sind sie, dass man meinen möchte, man müsse sie erst aufbügeln. Aber du warst für ihn schneeweiß. Mit der gleichen blinden Liebe hätte er dich Blutrötchen nennen können, oder, mit deinem dunklen Haar, Ebenhölzchen. Dass sich diese märchenartigen Schönheitsideale doch nie ändern! Schneeweißchen und Rosenrot!

Und jetzt liegst du da und schläfst deinen letzten Schlaf. Im Tod wirkt dein Gesicht noch blasser. Vielleicht hast du recht gehabt mit der Verachtung, mit der du dich über meine Schminke und meine Schönheitswässerchen lustig machtest.

Aber die Mühe, mich zu verstehen, hast du dir ja nie gemacht. Du hast nie versucht, dir vorzustellen, wie das ist, wenn man als Fremde, als Ausländerin, die eine andere Sprache spricht und andere Gedanken denkt, an einen Hof wie den euren kommt. Ich weiß, dass meine Haut eine Nuance anders gefärbt ist als die eure. Ich weiß, dass die Mode, nach der ich mich kleidete, manchen Leuten in eurem Land seltsam vorkam. Ich war doch eigentlich damals eine arme Person, arm nicht im Sinne materieller Not; meine Eltern hatten mich schon sehr gut mit allem versorgt, ich brachte eine ganz schöne Mitgift in die Ehe. Ich war arm, weil ich entwurzelt war; herausgerissen aus dem dichten Nest jahrelangen Behütetseins, hineingestoßen in ein Wirrwarr aus unbekannter Etikette und nie gelernten Bräuchen, aus falscher Unterwürfigkeit und feindseliger Unnahbarkeit vonseiten der Dienstboten. Ich konnte nie ihre Lieder singen. Ich hätte so gerne ihre Lieder gesungen.

Da hätte ich dich gebraucht. Dich in die Arme zu nehmen, war ich bereit, dir Mutter zu sein und vor allem Freundin. Und von dir hätte ich alles lernen wollen, dass du stolz auf mich sein hättest können. All deine Kraft hättest du positiv an mir wirken lassen können, dann wäre ich dein Werk gewesen, von dem du hättest sagen können: Was sie heute ist, ist sie durch mich. Sie ist jetzt eine von uns, ich liebe sie.

Statt dessen sitze ich hier vor deinem kalten, starren Körper und bin dein Werk, aber so, wie nur du mit deinem herzlosen Sinnen und Trachten es hast erdenken können: Du hast mich zur Mörderin gemacht.

Wie klein hier alles ist. Ein eigenartiger Menschenschlag, mit dem du dich umgibst. Man lebt hier vom Bergbau, höre ich. Du wäschst wohl diese eigenartig verkümmerten Hemden und Schürzen. Sieben Berge oder mehr hast du zwischen dich und das Königsschloss gelegt. War dein Hass wirklich so groß?

Dein armer Vater ist über dein Verschwinden nie ganz hinweggekommen. Auch das ist an mir ausgegangen. Das ist wahrscheinlich Frauenlos; die Ärgernisse und Frustrationen der Männer müssen wir ebenso mittragen wie die der Kinder. Kummer, der nicht unser Kummer ist, Sorgen, die nicht unsere Sorgen sind. Das ist die Liebe.

Und, sei ehrlich, wie oft habe ich mich zwischen euch gestellt, wenn es Streit gab, wenn er wieder einmal glaubte, es sei Zeit, mit väterlicher Autorität dein jugendliches Temperament zu zügeln oder dir wegen irgendwelcher Unanständigkeiten Vorhaltungen zu machen. Dir zur Seite habe ich mich gestellt, habe dich in Schutz genommen, habe eigene Fehler erfunden, um deine zu vertuschen; habe ihn oft dazu gebracht, dich verzeihend in die Arme zu nehmen, Entschuldigung gewährend, um die du doch nie gebeten hattest. Ich konnte deine Mutter nicht sein, so wollte ich zumindest dein Schutzengel sein, um mir so dein Zutrauen zu verdienen. Deine Liebe war es, was ich eigentlich ersehnte.

Und du hast es mir ja auch ganz lieb vergolten. Erinnerst du dich noch, wie du mit deinen Freunden und Freundinnen ein kleines Theaterstück einstudiertest, um es anlässlich des Staatsbesuches aus dem Nachbarreich aufzuführen? Alle Gäste hatten sich im goldenen Saal versammelt. Ich war so stolz auf dich, du hattest dich so nett hergerichtet, ich wusste, der Text, den ihr (natürlich ganz geheim) gelernt hattet, war von dir, und ich konnte den Augenblick kaum erwarten, an dem der Vorhang sich öffnete und das Spiel begann. Was kam, war schon in der zweiten Szene dieses Mädchen, das nach deinen Regieanweisungen schielte und hinkte und genau mit meinem Akzent sprach. Peinlich berührt mussten alle mitansehen, wie diese Spottfigur von einer Tollpatschigkeit in die nächste stolperte, bis sie schließlich nach einem schmähenden Reigenlied aller Kinder von dir höchstpersönlich dem Teufel übergeben wurde und mit Gezeter und Gestank in der Hölle verschwand. Du hattest das Stück gut geplant, am Schluss lachten und klatschten alle aus Leibeskräften, und das Gaudium des Publikums erreichte seinen Höhepunkt, als du heraustratest und sagtest: „Sie sahen das Stück 'Die Stiefmutter'." Und dabei trugst du das Ohrgehänge meiner Mutter, meine einzige Erinnerung an sie, das ich dir kurz zuvor zu Weihnachten geschenkt hatte.

Vielleicht habe ich damals zum ersten Mal daran gedacht, dass es herrlich sein müsste, dich einmal für irgendetwas, was du getan hast, zu strafen. Doch bis dahin sollte noch lange Zeit vergehen. Denn immer wieder versuchte ich, alles zu verstehen und zu verzeihen, obwohl noch vieles vorfiel, du weißt. Aber du nahmst mir jedwede Entscheidung zunächst aus der Hand, indem du aus dem väterlichen Schloss verschwandest. Es war ein Akt reiner Bosheit; es war, wie man so bei Kindern zu sagen pflegt, Trotz. Eine Winzigkeit, an die ich mich gar nicht mehr erinnere, nahmst du als Vorwand, deinem Zuhause und deinem Vater den Rücken zu kehren. Hierher bist du gegangen, zu diesen kleinen unbedeutenden Menschen in ihren kleinen unbedeutenden Häusern, die kleinen Tätigkeiten nachgehen, um sich ihren unbedeutenden Lebensunterhalt zu verdienen. Du hättest es sicher nicht ewig hier ausgehalten. Auch diese Zwerge hier waren nur Figuren in deinem Spiel.

Dann kamen die ersten Botschaften von dir. Ich habe bis heute nicht herausgefunden, wer in meinem Haushalt dein Verbündeter ist. Oder bist du selbst in Verkleidung oder im Dunkel der Nacht immer wieder in das Schloss geschlichen, um an den hölzernen Rahmen meines Spiegels deine Briefe zu heften?
„Frau Königin, Ihr seid die Schönste hier,
aber Sneewittchen hinter den Bergen
bei den sieben Zwergen
ist tausendmal schöner als Ihr."
Ich habe diese Briefe gesammelt, einundzwanzig sind es geworden. Etwa nach dem Zwölften verlor ich zum ersten Mal, seit ich dich kannte, die Beherrschung. Wie von Wespen verfolgt rannte ich in mein Schlafzimmer. Natürlich heulte ich mir zuerst einmal die Seele aus dem Leib. Aber dann kam ich endgültig zu dem Entschluss, dich zu bestrafen. Wenn man wütend ist, findet man nur Befriedigung im Austoben körperlicher Gewalt. Ich wollte dich schlagen.

Um an dich heranzukommen, verkleidete ich mich als alte Bäuerin. Tatsächlich erkanntest du mich nicht, als ich klopfte, und öffnetest die Türe. Auf dem langen Weg zu dir war natürlich die erste Wut verraucht, und als ich dich so vor mir stehen sah, in deinem gewöhnlichen Kleidchen in dieser ärmlichen Umgebung, da wurde in mir wieder die Zuneigung stärker, gemischt mit Mitleid. Ich beschloss, dich vorsichtig zu überreden, mit mir nach Hause zurückzukehren. Um dein Vertrauen zu gewinnen, wollte ich dir eine Freude machen und dir ein buntes Band schenken, das ich bei mir trug. Es gefiel dir und du batest mich, es dir um den Leib zu binden. Ich weiß nicht, was mit mir geschah, aber als ich das Band um deinen schlanken Körper schlang, fiel mir mit einem Mal wieder ein, warum ich eigentlich gekommen war, mir fiel auf, wie zerbrechlich dein Leib war, und ohne zu denken, was ich tat, zog ich das Band fester und fester. Du versuchtest, meinem Angriff zu entkommen, aber ich schnürte und zerrte so lange, bis dir die Luft ausging und du ohnmächtig zusammensacktest.

Da erst wurde mir bewusst, was ich getan hatte. Zu meiner großen Erleichterung stellte ich fest, dass du noch lebtest. Ich lockerte das Band und lief davon, auf der Flucht vor mir selbst, vor dem, wozu ich fähig war. Du hast mich diese Fähigkeit gelehrt. Dein Werk!

Weißt du noch, wie ich zu deinem vierzehnten Geburtstag einen großen Ball organisierte? Du hast einen Maskenball daraus gemacht, und alle Mädchen mussten in der ausgefallenen Tracht meiner Heimat kommen. Das war lange vor deinem Verschwinden, aber vergessen habe ich das alles nicht. Als nach meinem ersten schrecklichen Besuch bei dir die Botschaften am Spiegel weiterhin kamen, wusste ich, dass du deine Lektion nicht gelernt hattest. Du warst immer noch das gemeine, trotzige Kind, das auf alle Versuche von mir, liebevolle wie strafende, nur mit noch mehr Bosheit antwortete.

Du wolltest reiten, ich habe dir die schönsten und edelsten Pferde geschenkt. Aber als ich mit dir ausritt, sprangst du vom Pferd in einen Bach und erzähltest dann allen, ich hätte dich in das Wasser gestoßen. Bei einem anderen Ausflug gabst du deinem Pferd die Sporen und galoppiertest davon. Zwei Tage bliebst du verschwunden, dann tauchtest du mit zerrissener Kleidung und ohne Pferd plötzlich auf und behauptetest, ich hätte dich in der Wildnis an einen Baum gebunden und allein gelassen, weil ich dich aussetzen wollte. All den Hass und alle Wut, mit der du mich verfolgtest, hast du mir angedichtet. Als Opfer wolltest du in die Geschichte eingehen, wo du doch eigentlich Täterin warst, der Bösewicht in diesem grimmigen Lebensmärchen.

All das hatte ich im Sinn, als ich beschloss, dich ein zweites Mal aufzusuchen. Diesmal wollte ich dich so erschrecken, dass dir deine Bösartigkeit ein für alle Mal verging. In anderer Verkleidung kam ich zu deinem Haus. Mitgebracht hatte ich, diesmal mit Bedacht, einen wunderschönen Kamm. Was man auf den ersten Blick nicht sehen konnte, war, dass er mit ätzendem Gift überzogen war. Natürlich konntest du der Schönheit des Kamms nicht widerstehen, denn bei aller Bosheit warst du auch immer recht eitel. Es war also ein Leichtes, dir den Kamm ins Haar zu stecken, ich drückte mit meiner handschuhbewehrten Hand ein bisschen fester zu - und schon begann das Gift zu wirken. Du wusstest natürlich in diesem Augenblick, wer ich war, aber die Erkenntnis kam zu spät. Das Gift erreichte die Blutbahnen und versetzte dich in eine leichte Ohnmacht. Rasch verschwand ich. Dieses Mal war ich nicht mehr so entsetzt über mich und meine kriminellen Gelüste. Dein Werk!

Zwei Tage später hing die nächste Botschaft am Spiegel: „... ist doch noch tausendmal schöner als Ihr." Das war gestern. Das Maß war voll!

Der Apfel hat seine Aufgabe erfüllt. Diesmal wirst du nicht wieder rechtzeitig erwachen. Deine verkrüppelten Beschützer werden dir nie wieder die Warnung eintrichtern können, keine Fremden einzulassen. Du bist tot. Dabei war dein Tod nicht die wahre Erfüllung für mich. Am schönsten war, dass ich dich leiden sehen konnte. Diese endlosen Minuten, in denen du, wissend, was geschah und durch wen, vergeblich versuchtest, dein kleines Leben festzuhalten, diese Augenblicke der ganz bewusst durchlittenen Todesqual, die - ich gebe es zu - die habe ich genossen.

Und jetzt ist endlich Frieden. Wie schön du doch wirklich bist, wenn du so daliegst. So blass, wie Schnee. Sneewitt, würden deine Leute sagen. Du hast verhindert, dass sie auch meine Leute wurden. Warum hast du mir ihre Lieder nicht beigebracht?

Ich hätte dich lieben wollen, ganz als ob ich dich selbst geboren hätte. Aber, verzeih mir, nach allem, was du mir angetan hast, kann ich dir keine Hochzeit mit einem Prinzen mehr vergönnen. Wenn ich auf deiner Hochzeit tanzen müsste, würde ich wie in glühenden Eisenpantoffeln tanzen. Du hast mich so weit gebracht. Und so weit - siehst du - so weit habe ich dich gebracht. In einen gläsernen Sarg sollte man dich legen und auf einen hohen Hügel stellen mit einer Warnung daran für alle des Weges kommenden Prinzen:
„Hänge dein Herz nicht an eine wie sie, o Reiter auf deinem Weg! Schlage ein Kreuz und sprich ein Gebet des Dankes dafür, dass sie dir erspart geblieben ist. Denn sie starb durch die Hand einer Frau, die wie du glaubte, sie lieben zu können."

Schlafe nun, meine Tochter. Du hast deinen Spaß gehabt und ich nun meinen. Wir sind quitt.

Bis auf die Tatsache, dass wahrscheinlich auch in unserem Fall, wie schon so oft, das Gerede der Menschen und die ungenaue Überlieferung im Lauf der Zeit alles Böse auf mich schieben wird.

Eigentlich sollten wir das schon gewohnt sein, wir Stiefmütter.

# Vom klugen Schneiderlein

Variante eins: Sie will überhaupt nicht heiraten und denkt sich deshalb solch unlösbare Aufgaben aus für die, die hinter ihr her sind.

Variante zwei: Sie will nur mich nicht heiraten, und wenn einer meiner beiden neunmalklugen Kollegen das Rätsel hätte lösen können, dann wäre sie auf die Zusatzschikane mit dem Bären gar nicht verfallen.

Variante drei: Sie will gerade mich heiraten und plant mit meiner und des Bären Mithilfe der Welt zu beweisen, dass sie mit mir nicht nur den schlauesten, sondern auch den mutigsten Mann bekommt, den Gott auf dieser Erde hat wachsen lassen.

So weit, so gut. Nun geht es darum, mir zu überlegen, wie ich mit diesen drei Varianten umgehe. Jede von ihnen müsste ich irgendwie für mich nutzbar machen können. Also:

Ad drei: Wer im Ruf steht, ein Dummchen zu sein, dem fällt es nicht schwer, mit einfachsten Mitteln als Schlaukopf dazu-stehen. Man braucht nur völlig unvorhergesehen eine einfache Aufgabe zu lösen, und schon bewirkt die Diskrepanz zwischen der Erwartungs-haltung der Leute und der zutage getretenen Klugheit eine solche Überraschung, dass letztere bei weitem überschätzt wird. Die Welt der Politik ist voll von Männern und Frauen, deren Plattheiten über den grünen Klee gelobt und mit Wählerstimmen honoriert werden, bloß weil man von ihnen bisher nur Unsinn gehört hat und bei der ersten Äußerung, die halbwegs gesundem Menschenverstand ent-spricht, sagt: „Er wächst sichtlich mit seinen Aufgaben." Oder: „Sie empfiehlt sich mangels Entfaltungsmöglichkeiten im Inneren für Aufgaben am internationalen Parkett." Auf mich angewandt: Ich wollte nie Schneider werden, musste aber Schneider werden, konnte auf Grund meiner ungeschickten

Finger gar nicht Schneider werden, durfte aber nichts anderes als Schneider werden und - bin jetzt Schneider. Politisch nicht ganz unbegabt, hegte ich schon früh das Image des tollpatschigen Narren, der für harmlose Neckereien am Stammtisch weitaus geeigneter erschien als dafür, bei ihm eine Hose oder Jacke beziehungsweise auch nur eine geringfügige Änderung einer solchen zu bestellen, geschweige denn fachlichen Rat bei der Planung und beim Entwurf eleganter Damenkleider oder anderer modischer Kreationen einzuholen.

Meine wahren Qualitäten zu erkennen, bedurfte es eines Menschen, den ich bisher noch nie getroffen habe: Jemand, der mich vom Klebeetikett des Schneiderseins loslöste und mit Aufgaben betraute, die mit Nadel, Zwirn und generell jeder Art handwerklichen Tuns nichts zu tun hatten; mich sozusagen als reine Intelligenz betrachtete, als Geist an sich, der weit über stofflichen Niederungen Brücken zu schlagen imstande war in die lichten Gefilde der puren Logik und Abstraktion. Als solcher hätte ich sehr wohl mit der Schere umgehen können, wäre diese nur die Schere der philosophischen Dissertation gewesen, zielvoll schneidend durch die Geflechte von Prämissen und Inventionen, sorgsam zerteilend die zarten Gewebe der Deduktionen und Induktionen. Ja, ich hätte sehr wohl die Nähmaschine bedienen können, wäre diese angetrieben worden durch den Hauch spiritueller Substanz und hätte sie feine Nadelstiche getrieben in Konjekturen und Interpretationen, sachte, aber dauerhaft verbindend die Interdependenzen und Plausibiltäten der großen Denker früherer Zeiten.

Die Prinzessin nun war, respektive ist dieser Mensch. Mit messerscharfem Kalkül hat sie mich durchschaut. Sie wollte eben keinen Schneider. Sie wollte einen wie mich. Nein, viel mehr noch: Sie wollte mich. Daher die fast unlösbar scheinende Frage an alle Bewerber: „Ich habe zweierlei Haar auf dem Kopf. Von was für Farben ist das?" Und dabei hatte sie natürlich so eine Art Kopftuch auf, das in Muster und Machart aus meiner

Werkstatt stammen könnte und trotzdem den Blick auf ihr Haupthaar hundertprozentig unmöglich machte.

Welcher Kreativitätsmangel bei meinen beiden phantasielosen Kollegen! Der eine ein gefeierter Modeschöpfer, bei dessen Präsentationen regelmäßig alle Gräfinnen und Herzoginnen über sechzig in Ohnmacht fallen, nur weil seine Kleider von einer solchen Schlichtheit sind, dass die Models, die sie tragen, nackt zu sein scheinen. Er bevorzugt übrigens Mädchen, die sehr fett sind, denn, wie er sagt, man sieht dann mehr Haut, und die blaublütigen begleitenden Herren, die ja für die finanzielle Unterstützung aufkommen sollen, sind dann eher bereit mitzukommen und, wie er salopp sagt, „etwas springen zu lassen". Und dieser Einfaltspinsel hat keine bessere Idee als zu sagen: „Das Haar ist schwarz und weiß." Nur weil seine eigenen Schöpfungen keine anderen Farben kennen! Das hat er jetzt davon!

Der zweite ist ebenfalls ein berühmter Couturier, bei dessen Modeschauen regelmäßig alle Komtessen und Prinzessen unter dreißig in hysterische Kreischorgien verfallen, weil die Kleider, die er entwirft, von einer solchen Opulenz sind, dass man die Models, die sie tragen, gar nicht mehr sieht und weil es von ihm heißt, er sei homosexuell, was ihm ein gewisses perverses Flair einträgt, welches auf junge aufgeregte Frauen offenbar stimulierend wirkt. Er bevorzugt übrigens Mädchen, die sehr mager sind, sodass bei seinen Präsentationen mindestens ebenso viele Models in Ohnmacht fallen wie beim Anderen betagte Aristokratinnen. Und dieser Schwachkopf hat keinen besseren Einfall als zu sagen: „Das Haar ist rot und braun." Nur weil seine Modelle alle in diesen Farben gehalten sind (sie sind nämlich billig in der Herstellung) und er darum hofft, dass sie die Modefarben der kommenden Saison werden. Und was hat er jetzt davon?

Ich hingegen ging kühl berechnend an die gestellte Aufgabe heran. Jemand hat einmal gesagt: „Betrachte die Hände einer

15

Frau und du weißt alles über sie." Nun, ihre Hände konnte ich, da sie Handschuhe trug, nicht betrachten, sehr wohl aber ihre Arme. Sie war nämlich mit einem ärmellosen Machwerk bekleidet, das rot und braun und schlicht und scheußlich war, eines jener Modelle, die es bei Versandhäusern zu kaufen gibt und die von jedem Modeschöpfer irgendetwas übernehmen, um sicherzugehen, dass sowohl pubertierende Prinzessinnen als auch Herzoginnen in Rente etwas bestellen.

Ich betrachtete also die Arme der Prinzessin; und siehe da: Ihre Unterarme waren zart behaart. Im schräg einfallenden Licht der Sonne schimmerte der dünne Flaum bald golden, bald silbern, und da es sich ja außerdem um eine Prinzessin handelte, die bestimmt niemanden mit Fragen nach unscheinbaren Allerweltsfarben belästigt hätte, sagte ich das Einzige, das mir logisch erschien: „Das Haar ist wie Gold und Silber."

Mir ist noch nie bei einer Schau meiner Modelle eine Frau in Ohnmacht gefallen. Noch nie habe ich einem weiblichen Wesen den leisesten Kreischer entlocken können, es sei denn, ich sagte: „Erschrick nicht, aber auf deinem Rücken sitzt eine kleine Spinne." Aber jetzt habe ich es geschafft. Auf meine Antwort hin ließ die Prinzessin einen kleinen Schrei fahren, inszenierte eine kurze Unpässlichkeit - sehr standesgemäß - und kaschierte ihre Freude darüber, dass ich der Auserwählte war, mit der Zusatzbemerkung: „Wenn du eine Nacht im Stall bei meinem gefährlichen Bären überlebst, dann sollst du mein Mann werden." Eine Geste, die stark märchenhafte Züge trägt und sehr stark vermuten lässt, dass es sich bei dem erwähnten Tier wohl um ein dressiertes Zirkustier mit einem Beißkorb und an einer Kette handeln wird, denn sie wird doch nicht wirklich wollen, dass der Mann, auf dessen Intelligenz sie es gerade noch abgesehen hatte, zwischen den Krallen und Zähnen einer geistlosen Bestie zu Biomasse zermahlen wird. Sie will mich der Welt halt als Held erscheinen lassen, um sich dann bei der Hochzeit umso mehr in meinem Glanz sonnen zu können. Ich werde also in den Stall gehen, Abstand von dem Bären halten, ihm vielleicht ein paar Nüsse verfüttern und mich seelisch auf meine Rolle als Prinzgemahl vorbereiten.

So viel zu Variante drei.

Ad zwei: Zugegeben, wenn ich neben meinen beiden Kollegen stehe, bin ich sicher derjenige, den eine adelige Dame am wenigsten wird haben wollen, wenn sie nur ein bisschen Geschmack hat. Der eine in schlichtes Schwarz und Weiß gekleidet, fett und stattlich, im vollen Bewusstsein seiner Berühmtheit bei Hofdamen im fortgeschrittenen Alter; und genaugenommen ist die Prinzessin auch nicht gerade das, was man jung und knusprig nennen könnte. Sie scheint sich, wie man so sagt, ihrem dritten Frühling zu nähern und veranstaltet diese Verheiratungslotterie jetzt wahrscheinlich nur, weil sie sonst das Reich im Falle ihres Ablebens unter ihren jüngeren Brüdern aufteilen müsste, die sie allesamt hasst wie die Pest. (Dem Reich würde in diesem Fall eine ziemlich zweifelhafte Zukunft bevorstehen. Der eine Bruder ist Mönch geworden und würde seinen Anteil in eine Einsiedelei verwandeln. Der zweite ist Straßenmeister und würde seinen Anteil zubetonieren. Der dritte ist Künstler und würde seinen Anteil mit Farbe zuschütten, verpacken, in Stücke schneiden und um teures Geld an alle aufgeschlossenen Kunstsammlungen der Welt versenden.)

Der zweite Kollege steht stramm, wenn auch ein bisschen dünn, neben mir, aber eben aufwendig in jenes Braun und Rot gehüllt, von dem man weiß, dass es die Prinzessin mag und dass es von den führenden Versandhäusern bereits als die Modefarben der kommenden Saison angekündigt wird.

Es erscheint also durchaus denkbar, dass die Prinzessin, hätte einer von den beiden die richtige Lösung gewusst, ihn mit Wonne mir vorgezogen und ohne Übernachtung im Bärenstall in ihr Ehebett geholt hätte, den Homosexuellen vielleicht etwas lieber, weil sie sich mit ihm keine Beeinträchtigung ihrer

Nachtruhe eingehandelt hätte. (Obwohl eventuell eine dürre, vertrocknete Prinzessin mit mangelhaft weiblichen Formen auch seinen Geschmack getroffen hätte.)

Aber das Gefühl, eine Notlösung zu sein, quält mich nicht im Geringsten. Besser eine angeheiratet-prinzliche Notlösung in einem florierenden Reich, das von Sonnenauf- bis -untergang alle Spielarten modischen Geschmacks in seinen Grenzen zulässt, als ein unwilliger Schneider in einem Land, das zum Teil aus Beton und kalten, feuchten Eremitengrotten besteht und zum anderen Teil an den Wänden internationaler Kunstmuseen hängt.

Und Variante eins? Wenn es stimmt, dass sie sich eigentlich gar nicht verheiraten will, dann hat sie es ungeschickt angestellt. Man lässt nicht ungestraft Männer auf die Unterarme gaffen. Auch wenn es meine zwei Kollegen als unter ihrer Würde erachten mögen, ich persönlich hätte für einen solchen Anlass ein langärmeliges Modell empfohlen. Ich hätte es zwar nicht anfertigen können, aber als Idee wäre es brauchbar gewesen und würde mich jetzt nicht in so hilfloser Lage dastehen lassen. Denn über dem Urwaldgewirr der Konjunktive des Mögens, Würdens und Hättens hängt wie eine schwere Wolke die schreckliche Realität: Ich fürchte mich vor Bären!

Das bedeutet: Es ist völlig egal, welche Variante die Richtige ist. Ich werde morgen vermutlich nicht mehr leben und bei meinem Begräbnis wird weder eine Ohnmacht noch ein Kreischkonzert stattfinden. Man wird nur sagen: „Für einen Schneider war er zu dumm, nicht einmal zum Prinzen hat es gereicht."

Aber was soll's? Größere Geister als ich sind von dieser Welt gegangen ohne Erdbeben und Sintflut. Sie und ich korrelieren, befreit von den Parametern irdischer Existenz, in der Kontemplation der Sphären des Pantheons. Und unsere Scheren und

Nadeln, Sicheln und Sensen, Hämmer, Zirkel und Lupen fallen irgendwann verrostend von den Wänden.

-------

Randbemerkung eines unvoreingenommenen Beobachters:

Der besagte Schneider war ein landesbekannter Tölpel und wäre ohne die mitleidige Hilfe seiner Zunftkollegen schon in jungen Jahren verhungert. Sein Intelligenzquotient wurde bei einer volkskundlichen Studie mit 47 registriert. Und diese Figur sollte so komplex gedacht haben?

Wer´s glaubt, zahlt einen Taler!

# Rumpelstilzchen

Mein süßes Mädchen du! Ich finde, du siehst mir ähnlich. Oft sagt man, Mädchen sehen eher ihren Vätern ähnlich. Du nicht. Wenn du deinem Vater ähnlich sehen würdest, dann müsstest du dieses glatte blonde Haar haben und seine königlich geschwungenen Augenbrauen. Ja, ein König ist er, dein Vater, und ich bin eine Königin.

Eigentlich bin ich eine Müllerstochter. Aber ich könnte schon die eigenartigsten Geschichten erzählen, wie man eine Königin wird. Genaugenommen dürfte ich meinen Mann ja gar nicht lieben, und genauso wenig meinen Vater. Aber was ist schon die Liebe? Als junges Mädchen glaubte ich, einen Burschen aus unserem Dorf - sein Vater war Schneider - wirklich zu lieben. Doch außer ein paar verstohlenen Küssen hinter einer Scheune, einigen Scherzen beim Dorftanz und einem ständig schlechten Gewissen wegen dieser unschuldigen Vergnügungen war nichts dahinter. In Gedanken schrieb ich ihm heiße Liebesbriefe, in denen ich ihn bat, mit mir auf und davon zu ziehen, aber ich dachte diese Briefe nur und kam mir dabei schrecklich verrucht vor. Mein sogenannter Geliebter küsste ja doch jede hinter irgendeiner Scheune, und Liebe, die richtige Liebe kam nur in den Büchern vor, die ich mir manchmal aus unserer Schulbibliothek holte.

Deinen Vater und meinen Vater, kann ich die beiden lieben? Nachdem sie mich in ihrem Spiel um Ruhm und Reichtum nur benützt haben? Wie einen Mensch-ärgere-dich-nicht-Stein, den man hin und her schiebt und hinauswirft, wenn er im Wege steht, haben sie mich verwendet; meinem Vater war in seiner Gier nach Ansehen und Berühmtheit selbst eine Lüge, mit der er seine Tochter in höchste Gefahr brachte, nicht zu viel. Stroh zu Gold spinnen könne ich angeblich, so ein Unsinn! Das glaubst ja nicht einmal du, mein Pumpelchen. O du, dich habe ich lieb. Ja, du siehst mir ähnlich, du hast meinen Mund und mein dunkles festes Haar, du liebes Pilzköpfchen du.

Und sei ehrlich, Pumpelchen, kann ich einen Ehemann lieben, der sich, als ich mit Hilfe dieses komischen hässlichen Mannes tatsächlich Gold erzeugen konnte, als immer noch gieriger erwies und der mich letzten Endes nur heiratete, weil er in mir eine Quelle unerschöpflichen Reichtums erblickte? Nein, sei ehrlich, so einen Mann kann ich nicht lieben. Aber jetzt habe ich ja dich, mein kleines Pilzchen. Für dich allein ist es wert, eine Königin zu sein und dir einmal all das bieten zu können, wovon ich nur in den Büchern lesen konnte.

Jetzt aber muss ich um dich kämpfen! Denn auch der hässliche Mann, dieser seltsame nächtliche Besucher, der das unmögliche Kunststück fertigbrachte, hat Bedingungen gestellt. Gibt es niemanden mehr auf der Welt, der jemandem etwas Gutes tut, ohne dafür immer mehr und mehr zu fordern? In der ersten Nacht das Halskettchen von meiner Mutter, in der zweiten mein zartes goldenes Ringlein, und in der dritten, als der König bereits seine Heirat mit mir in Aussicht gestellt hatte, mein erstes Kind, also dich. Was sollte ich denn in meiner Verzweiflung tun? Der König hatte mir ja den Tod angedroht, falls ich kein Gold spinnen konnte. Den Tod! Stell dir das vor, mein Pilzpumpelchen! Ich hätte sterben müssen oder seine Frau werden! Und jetzt soll ich diesen Mann lieben? Zugegeben, er hat sich seit unserer Hochzeit bemüht, ein liebevoller und zärtlicher Gatte zu sein, aber, ehrlich gesagt, es gelingt ihm nicht. Schon als er in der Hochzeitsnacht zu mir in das Bett kam, benahm er sich, als ginge es wieder darum, ihn zufrieden- zustellen oder zu sterben. Da war ja mehr Gefühl in den rasch hingeschmatzten Küssen meines Schneiderburschen hinter der Scheune gewesen. Aber es war nicht zu ändern.

So wurdest du gezeugt. Und seither, in all den Monaten meiner Schwangerschaft, lebte ich stets in der Hoffnung, der hässliche Mann könnte seine Forderung vergessen haben, und gleichzeitig in der Angst, er werde sich noch erinnern. Dann gebar ich dich, und in der ganzen Freude und Aufregung konnte ich meinen unheimlichen Helfer doch tatsächlich vergessen. Bis gestern!

Mein armes kleines Pumpelchen! Kaum geboren, bist du schon jetzt genau so ein Steinchen in einem Spiel, das andere mit dir spielen, wie ich es die letzten Monate gewesen bin. Jetzt aber ist aus dem Spiel, bei dem die Steinchen im Kampf hinausgeworfen werden, ein Ratespiel geworden. Drei Tage haben wir Zeit, du und ich. Dann müssen wir wissen, wie der hässliche Mann heißt. Habe keine Angst, mein Stumpelpilzchen, wir werden den Namen schon finden. Ich habe gerade meinen schnellsten und schlauesten Boten ausgeschickt, um sich im Land nach allen Namen zu erkundigen, mit denen die Leute benannt werden, und seien sie auch noch so ausgefallen. Denn wenn er Hinz oder Kunz hieße, würde er ein solches Rätsel nicht stellen. Ich werde ihn drei Tage lang mit allen Namen überhäufen, die mir mein Bote von den entlegensten Ecken des Landes zuträgt, von allen Almen und Berghütten, aus den tiefsten Bergwerken und aus den dunkelsten Wäldern, in denen Menschen um knisternde Lagerfeuer tanzen. Es wäre doch zu schön, wenn ich ihm den richtigen Namen an den Kopf werfe und er sich vor Wut in der Luft zerreißt oder in den Boden stampft!

Dann kann ich dich behalten und zwar den König noch immer nicht lieben, aber ich werde mir von ihm noch viele Kinder machen lassen, sodass ich für alle Zeiten eine ganze Schar habe, in der es wirkliche Liebe gibt.

Also halte uns beiden die Daumen. Weißt du was, ich werde damit beginnen, ihm ganz sinnlose Kosenamen an den Kopf zu werfen, zum Beispiel die, mit denen ich dich manchmal anrede. Ich weiß, dass sie dumm sind, und ich verspreche dir, dass ich sie nicht mehr verwenden werde, wenn du größer bist, du süßes kleines Rumpelstilzchen du!

# Schneeweißchen und Rosenrot

Anni hat eine Decke mit. Natürlich hat Anni eine Decke mit. Eine Art Handtuch eigentlich, aber es genügt, um sich draufzulegen, wenn einen die Nacht im Wald überrascht oder auf einer Wiese, an einem Bach oder am Ufer des dunklen Sees, der kaum zwei Stunden von unserem Haus am Fuß des grünbraunen Berges liegt. Und der Boden dieser Fluren und Wälder ist doch so weich, dass man sich in ihn eingraben möchte und ihn einatmen möchte mit seinem Geruch nach Pilzen und Blumen, mit dem Geschmack seiner Gräser und Pollen, dass man nur mehr in diesen sanften Gruben einschlafen und erwachen möchte, die einem Träume schenken und erfrischenden Schlaf. Aber Anni hat eine Decke mit.

Sie trägt das Tuch immer in ihrem kleinen Rucksack bei sich, wenn wir, so wie heute, von zu Hause losziehen, um die schon tausendfach erkundete Umgebung wieder zu erkunden, um die Tiere zu besuchen, die sich an unsere Anwesenheit schon so gewöhnt haben, dass sie kaum mehr aufsehen vom Grasen, und wenn sie aufsehen, dann, als ob sie uns auf ihre schweigende Art begrüßen wollten. Dann machen sie ein, zwei Schritte, die Rehe und Hirschkühe, aber nicht von uns weg, sondern, wenn auch zögernd, auf uns zu. Kleine Singvögel scheinen sich für ihre Lieder Zweige auszusuchen, die besonders nahe an unserem Weg liegen, und Hasen wie Eichhörnchen fressen aus unseren Händen die angebotenen Blätter oder Nüsse, als seien sie die schönsten Leckerbissen.

Dass unsere Mutter sich bei all diesen Ausflügen, die wir unternehmen und die so oft auch Nächte hindurch dauern, keine Sorgen um uns macht, verwundert mich selbst heute noch manchmal. Früher, als wir noch wirkliche Kinder waren, da gab sie uns immer gutgemeinte Ermahnungen mit auf den Weg. Das heißt, ursprünglich hatte sie uns natürlich diese Unternehmungen verbieten wollen, hatte uns mit allen möglichen Drohungen, Versprechungen und mit wüsten Erzählungen über Zwerge, die unschuldige Mädchen mit Gold, Perlen und falschen Edelsteinen in ihre unterirdischen Bauten locken wollten, zu Hause zu halten versucht. Aber bald hatte sie eingesehen, dass keine von uns ihre Worte ernst nahm. Wir fanden immer einen Weg, uns heimlich oder ganz offen aus dem Haus zu stehlen. Und schließlich wurden Mutters Vorhaltungen weniger überzeugt und weniger drastisch, nahmen allmählich den Charakter von auswendiggelernten Floskeln an, die wir kichernd nach- oder ihr vorbeteten. „Der Wald ist nichts für kleine Mädchen!" – „Wie viele haben sich schon verirrt und sind Jahre später als Tote heimgekehrt!" (Diese Aussicht erheiterte uns ganz besonders.) – „Giftige Pilze und räuberische Spinnen lauern auf Wanderer!"

Eines Tages hatte ich die Idee, einige dieser Sätze zweistimmig zu vertonen und gemeinsam mit meiner Schwester unserer Mutter beim Weggehen vorzusingen. Wir übten, verfeinerten, probten und lernten auswendig. Dann, eines Tages, war es soweit: Wir eröffneten unserer Mutter, dass wir gehen wollten, dann stellten wir uns, wie einstudiert, in Positur und jodelten, dass die Fensterscheiben klirrten: „Der böse Wo-o-olf wird euch fre-essen, hollero!" Im Hinaushuschen durch die Türe sah ich gerade noch, wie Mutter in ihrem Sessel zusammensank und die Hände vor das Gesicht schlug. Aber wir hatten ihren Ermahnungen mit dieser Aktion ein Ende gemacht. Nur beim Heimkommen glaube ich jetzt noch zu bemerken, dass Mutter feuchte Augenwinkel hat.

Anni war bei all dem, schon als Kind, immer die Langsamere, die noch Einwände vorbrachte, wenn für mich die Sache schon längst beschlossen war. Sie ließ sich von meinem Schwung immer anstecken, aber mit Verzögerung. Wenn ich von einem hohen Ast sprang, kletterte sie erst vorsichtig den Baumstamm hoch. Während ich mich an einem Seil über eine sumpfige Wiesenstelle schwang und wie Tarzan nach meinen Gorillas schrie, ging sie sich rasch umziehen, um ihren schönen Rock nicht schmutzig zu machen. Wenn ich auf dem Dachboden Mutters alte Liebesbriefe las, nahm sie ein Märchenbuch mit, um im Fall des Erwischtwerdens diese Lektüre vortäuschen zu können. Sie rieb sich mit schützendem Öl ein, wenn ich schon in der Sonne lag, sie entschuldigte sich, wenn ich freche Antworten gab, und die Nachbarn, die zu Besuch kamen, lobten ihren Appetit (ich schaukelte mit meinem Sessel), ihren Gehorsam (ich blies durch den Strohhalm große Blasen in meinen Kakao) und ihre Klugheit (ich versuchte, Witze, die ich irgendwo aufgeschnappt hatte und die ich nicht verstand, wiederzugeben). „Schneeweißchen", hieß es dann immer, „trägt ihren Namen zu recht, weiß ist die Unschuld."

Schneeweißchen! Wie ich diese Namen hasse! Rosenrot! Man müsste sich als Baby gegen Kosenamen wehren können. Nach den Erzählungen der Mutter war es Vaters Einfall, uns so zu nennen. Irgendetwas in unserer Hautfarbe muss ihn wohl dazu inspiriert haben. Er war es auch, der dann die beiden Rosenstöcke vor die Türe unseres Hauses pflanzte, den einen links, mit strahlend weißen Blüten, den anderen, der rot blühte, auf der rechten Seite.

Unsere Eltern verwendeten die Namen Schneeweißchen und Rosenrot mit solcher Konsequenz, dass wir in der ganzen Umgebung fast nur mehr unter diesen Pseudonymen bekannt waren. Es gab Zeiten, da antwortete ich, wenn ich nach meinem Namen gefragt wurde, ganz automatisch „Rosenrot!", und im nächsten Augenblick hätte ich mich dafür ohrfeigen mögen, doch wenn ich dann rasch hinzufügte „Katharina!", erntete ich sanftes Lächeln und, was ich noch mehr hasste, ein gütiges Tätscheln meiner Wange und bekam Dinge zu hören wie: „Das ist doch kein Name für eine so hübsche junge Dame! So heißt vielleicht eine russische Kaiserin, aber du bist und bleibst für mich Rosenrot!" So wurden Schneeweißchen und Rosenrot für die Leute ein Begriff, ein Inbegriff beinahe; der Inbegriff für unverbrüchliche Geschwisterliebe, für Bravheit und Liebheit, für Kinder, auf die man sich verlassen konnte, denen man etwas anvertrauen konnte, die man einfach liebhaben musste, wenn man beobachtete, wie sie einander und ihre Mutter liebhatten. Ach Gott!

Dass es dabei feine Unterschiede zwischen uns gab, dass ich die etwas Schlimmere war, dass ich unvorsichtiger war und einfallsreicher, das wussten eigentlich nur unsere Eltern. Ich glaube mich aus ganz früher Zeit zu erinnern, dass unser Vater mich dafür sogar ein bisschen mehr mochte als Sch... - als Anni. Armer Vater! Zuerst bekam er statt eines Sohnes zwei Mädchen (na ja, ich ersetzte ihm vielleicht teilweise seinen erhofften schlimmen Buben), und dann musste er fort, in irgendeinen Krieg, dessen Sinn ich bis heute nicht verstehe, und von dort kam er nicht wieder zurück. Mutter erzählte uns in dieser Zeit viel vom lieben Gott und seinem Paradies, in dem sich alle Menschen, die einander liebten, wiedersehen sollten. Aber irgendwie fehlte mir schon damals der Glaube an so einen Ort, und außerdem fürchtete ich in meiner kindlichen Einfalt, Vater könnte in der Zwischenzeit auch dort schon einen weißen und einen roten Rosenstock gepflanzt haben, um uns entsprechend empfangen zu können. Ja, so sehr ich meinen Vater liebte und so sehr ich ihn jetzt, da ich groß bin, vermisse, diese Geschichte mit den Pflanzen und den Namen habe ich ihm nie verziehen! Einmal, ich muss wohl so sechs Jahre alt gewesen sein, versuchte ich, meinen Rosenstock zu töten. Mit Messer, Schere und einem Hammer bearbeitete ich ihn vielleicht eine Stunde lang, aber ich war offensichtlich zu ungeschickt, denn die verfluchte Rose trieb wieder neu aus und blühte das Jahr darauf wie zum Trotz schöner als je zuvor. Ich resignierte.

Ja, ich wollte sagen, die feinen Unterschiede zwischen uns Schwestern waren unseren Eltern bekannt. Alle anderen Verwandten und die Freunde und Bekannten betrachteten uns wie Zwillinge, von denen eine der anderen an lammfrommer Schönheit um nichts nachstand. Heute sind die Unterschiede zwischen uns, würde ich sagen, geringfügiger als je zuvor. Vielleicht bin ich auch ruhiger geworden. Aber es gibt sie noch;

zum Beispiel das Handtuch, das Anni immer in ihrem Rucksack trägt, um sich draufzulegen, während ich die Berührung der Blumen und des Grases genieße. Jetzt zum Beispiel, in der schon so tiefen Dunkelheit, dass wir nicht ganz sicher sind, wo wir uns eigentlich befinden. Ich weiß nicht wieso, aber ich habe ein ungutes Gefühl. Ganz in der Nähe gibt es einen kleinen Felsabbruch, und mir ist, als wären wir sehr nahe daran. Ob hundert Meter oder nur ein paar Zentimeter, kann ich nicht sagen. Aber selbst wenn, unser sagenhafter Schutzengel, von dem uns Mutter so oft erzählt hat und den ich mir immer als strahlend schönen Buben vorstellte, wird wieder einmal vor uns her gegangen sein und dafür gesorgt haben, dass das brave Schneeweißchen sein Deckchen nur ja nicht einen Meter zu weit weg aus-breitete.

Jetzt werde ich wohl schlafen, und vielleicht habe ich einen schönen Traum. Ich könnte zum Beispiel von dem jungen Burschen träumen, der mir vorige Woche die Äpfel aufhob, die aus dem Korb gerollt waren. Er ist, glaube ich, ein junger Tischler. Ja, von ihm möchte ich träumen. Nicht vom Sohn des Bürgermeisters. Der würde doch nicht mit mir den Wald erkunden und quer durch den eiskalten See an den Fuß des Berges heranschwimmen. Er würde nur seinen Goldzahn entblößen und mich „Rosenrot" nennen. Nein! Den soll Schneeweißchen haben. Das würde sicher auch unserer Mutter passen. Denn eines weiß ich ganz gewiss: Bei all der Liebe, die sie für uns beide hegt, bei all ihrer Güte und Gerechtigkeit; wenn plötzlich ein schwarzer Bär käme, der sich als ver-wunschener Prinz entpuppte und nach seiner Erlösung um die Hand einer ihrer Töchter anhielte: den würde Schneeweißchen („Schneeweißchen!") bekommen, und ich höchstens seinen Bruder.

Falls er einen haben sollte.

# Hans im Glück

Er hat recht. Er hat recht!

Wenn man für jede geschliffene Schere zwei Heller verlangen kann, für jedes Messer natürlich auch ... - Mein Gott, eine Schere hat wohl jeder im Haus, dazu ein paar Messer, die Leute warten dann schon sehnsüchtig auf den Scherenschleifer. Wenn ich also in so ein Dorf komme wie dieses hier - rechnen wir einmal rund fünfzig Häuser. Natürlich gibt es mehrere Scherenschleifer, auch wird nicht jede Schere und jedes Messer jedes Mal geschliffen, aber wenn in den fünfzig Häusern, sagen wir, dreißig Scheren und hundert Messer zu schleifen sind, dann ergibt das, Augenblick - dreißig und hundert ist hundertdreißig, mal zwei, das sind dann zweihundertsechzig Heller, also, grob gerechnet, na ja immerhin ungefähr zweieinhalb Kronen. In einer Woche kann ich sicher zumindest drei solche Dörfer aufsuchen, das sind dann siebeneinhalb, fast acht Kronen, mal vier, wenn ich den Monatsverdienst errechnen will, sogar ein bisschen mehr: 35 Kronen! In einem Monat! Und im Jahr, selbst wenn ich kurz Ferien mache, 400 Kronen!

Die Gans in meinem Arm ergibt natürlich einen schönen Braten, und das Gänsefett ist auch nicht zu verachten. Dann wären da noch die Federn, die man in ein Kissen stopfen kann, damit man schön warm liegt im Winter. Mutter würde sich freuen. Aber der Braten ist wohl auf ein-, zweimal weggegessen, das Fett mag wohl ein Vierteljahr halten. Das heißt, zwei Mahlzeiten zu je vier Kronen, macht acht, Gänsefett im Wert von ungefähr noch einmal acht, das Kissen gibt es zu kaufen um etwas über zwanzig Kronen, alles in allem also knapp vierzig Kronen, das ist, wenn ich mich richtig erinnere, ein guter Monatsverdienst. Und dann? Die Gans weg, das Fett weg. Geld kann man sparen. Gänsefett nicht.

Noch schlimmer wäre es mit dem Schwein gewesen, das ich vor der Gans besaß. Wenn das stimmt, was mir der Vorbesitzer der Gans sagte, nämlich dass das Schwein gestohlen war, dann hätte ich zumindest eine saftige Strafe bezahlen müssen, und das Schwein wäre auch fort gewesen. Und wovon hätte ich die Strafe bezahlen sollen? Als Scherenschleifer kann ich schön langsam Kreuzer auf Kreuzer legen, sodass ich im Lauf der Zeit genug Geld beisammen hätte, um ein Schwein auf ehrliche Weise zu erwerben. Aber so, ohne gewinnbringendes Handwerk?

Apropos Handwerk! Das Handwerk legen sollte man dem Metzger, der mir meine Kuh gegen das Schwein eintauschte! Er wird es wohl gewesen sein, der das Schwein gestohlen hat. Aber was er sagte, klang ja ganz plausibel: Die Kuh gab keine Milch, war also schon zu alt, und damit wäre auch das Fleisch vermutlich schon ziemlich zäh gewesen. Das heißt: Der Wert der Gans mit - wieviel war es schnell? - vierzig Kronen war schon einmal ein gewaltiger Gewinn gegenüber dem Schwein, das zwar vermutlich zwei- bis dreihundert Kronen wert war, aber nach Bezahlung der saftigen Strafe wäre nichts davon übriggeblieben, im Gegenteil, ich hätte sicherlich noch ziemlich draufzahlen müssen. Aber rein theoretisch war das Schwein mehr wert als die alte Kuh, die zwar in der Erhaltung billig gewesen wäre (Grünfutter kostet nichts), aber auch keinen Gewinn abgeworfen hätte. Das zähe Fleisch hätte kein Metzger gekauft, der recht bei Sinnen ist, und ohne Milch hätte es keine Butter und keinen Käse gegeben. Und selbst wenn - einen Monatsgewinn von 35 Kronen hätte sie gewiss nicht gebracht. Und sogar dann - sie wäre immer älter geworden, wäre gestorben, und die Geldquelle wäre versiegt. Ein Schleifstein hingegen hält ewig.

Bitte, ich hätte mir das alles vielleicht schon damals überlegen sollen, als ich das Pferd gegen die Kuh tauschte. Meine ursprüngliche Meinung, ich würde auf dem Rücken eines Pferdes schneller zu Hause sein als zu Fuß, hatte sich zwar schon bald als Fehler erwiesen, weil das Tier störrisch war und mich abwarf, aber man hätte es vielleicht erziehen können, oder ich hätte vielleicht reiten lernen können. Anscheinend genügt es nicht, einem Pferd gut zuzureden, sich daraufzusetzen und mit der Zunge zu schnalzen, damit es schneller trabt. Mir tun jetzt noch alle Knochen weh, wenn ich an meinen Sturz denke. In der Situation fiel es dem Bauern mit seiner Kuh natürlich leicht, mich zu dem Tausch zu überreden. Ein Pferd ist ja auch kein Tier, aus dem man unmittelbaren Gewinn machen kann. Es gibt keine Milch und keinen guten Braten, allenfalls kann man es für Geld vermieten, aber im Vergleich mit dem goldenen Boden des Scherenschleiferhandwerks ist auch das kräftigste Pferd eigentlich eine wenig einträgliche Angelegenheit. Außerdem muss man als Scherenschleifer ja nur eine Zeitlang fleißig arbeiten und ordentlich sparen, und dann kann man sich schon selbst so ein Pferd leisten. Nach meiner Schätzung müsste (400 Kronen im Jahr, davon lassen sich bei sparsamer Lebensweise 200 beiseite legen, in zehn Jahren also 2000, beim durchschnittlichen Preis eines günstigen Pferdes ...) - ja also, nach meiner Schätzung müsste nach ungefähr fünfzehn Jahren der Erwerb eines Pferdes möglich sein. Und wenn ich jetzt bedenke, dass ich dieses unwirtschaftliche, aufsässige Tier im Tausch gegen einen Goldklumpen bekam, der fast so groß wie mein Kopf war und aus dem man Ringe und andere Schmuckstücke im Wert von vielen Zigtausend Kronen hätte machen können, dann stellt sich heraus, dass ich ein ganz schöner Idiot war und dass das Klügste sein wird, ich lasse mir jetzt diesen verdammten Schleifstein geben, damit der gierige Mann, der schon die ganze Zeit begehrlich nach meiner Gans schielt, endlich Ruhe gibt; dann bin ich die Gans los, die, wie berechnet, nach spätestens einem Monat nichts mehr wert ist, den schartigen Schleifstein werfe ich irgendwo in einen Brunnen, um ihn nicht weiter tragen zu müssen als unbedingt notwendig, und dann suche ich mir wieder einen Herrn, der mir nach sieben Jahren Dienst einen Goldklumpen als Lohn anbietet.

Dann werde ich sagen: „Lieber Herr, ich danke Ihnen recht herzlich, und das Gold sieht ja auch wirklich sehr hübsch aus, aber ich möchte Sie bitten, mir den Gegenwert in klingender Münze zu geben. Denn wissen Sie, es ist einfacher, sich den Wert eines Pferdes, einer Kuh, eines Schweines oder einer Gans Münze für Münze herunterzuzählen, als mit einem Klumpen Goldes durch die Gegend zu laufen, der wie ein Magnet alle Gauner des Landes anzieht."

Und jetzt leb wohl, alter Schleifer, lebt wohl, ihr hundertdreißig Scheren und Messer! Ich habe endlich gar nichts mehr! Und in sieben Jahren, wenn euer Scherenschleifer immer noch Kreuzer zählt, eröffne ich eine Pferdezucht.

# Sechse kommen durch die ganze Welt

Ach, so ist das also! Seine Majestät greift ganz tief in die königliche Trickkiste. Gebratenes und Geröstetes lässt er uns auf den Tisch stellen, und inzwischen lässt er uns rösten. Alle Achtung! Ansonsten ist der Herr König ja nicht gerade sehr einfallsreich. Die üblichen Ideen. Dass einer, um seine Tochter heiraten zu dürfen, mit ihr um die Wette rennen muss, das hat es schon in den griechischen Sagen gegeben. Und sollte er verlieren, würde er seinen Kopf verlieren, auch das ist nicht neu. Neu für mich war nur, dass ich hier zum ersten Mal sah, wie so eine laufende Prinzessin aussieht. Na ja, nicht schlecht, solange man ihr nur in das Gesicht blickt. Aber wenn sie zum Aufwärmen ihre Beinmuskeln entblößt - also, mir ist der feminine, glatthäutige Typ ohne Muskelberge und drahtige Extremitäten lieber.

Was soll's, um die Prinzessin geht es mir ja überhaupt nicht. Ich bin nur hinter dem Geld des Königs her. Denn auch in dieser Hinsicht unterscheidet sich dieser hohe Herr keineswegs von seinen aus Sagen- und Geschichts-büchern bekannten Vorbildern: Zuerst wird jahrelang Krieg geführt, Leben und Gesundheit der Soldaten werden bedenkenlos riskiert, Versprechungen werden gemacht, Prämien in Aussicht gestellt; und kaum ist der Krieg zu Ende, lässt man die tapferen Krieger fallen wie heiße Kartoffeln, mit mickrigen Hellerbeträgen speist man sie ab, wenn es hoch kommt, hängt man ihnen wertlose Orden um und hofft, sie damit ruhigstellen zu können.

So sind sie alle gleich, auch dieser miese Geizhals hier. Keine neuen Einfälle; in seinem nerzbesetzten Mantel sieht er aus und handelt, als ob er geradewegs aus einem altmodischen Märchen herausgestiegen und in die Realität meines Jahrhunderts geschlüpft wäre.

Und jetzt das! Alle Achtung, Majestät, das habe ich noch nirgends gelesen. Und dabei habe ich seit meiner frühesten Jugend alle Geschichten verschlungen, in denen es um die bedeutendsten Könige und rätselhaftesten Erscheinungen der Vergangenheit ging. Ich kenne die Geschichte von den griechischen Schiffsleuten, die auszogen, um ein goldenes Lammfell zu suchen. Ich kenne die Erzählung von dem ausgesetzten Königssohn, der auf seiner Wanderung durch die Welt, ohne es zu wissen, seinen eigenen Vater erschlug und dann seine Mutter heiratete. Von den Fahrten des roten Wikingers in eine neue Welt habe ich gelesen, von Herodes, der in einer Nacht zweitausend Kinder hinmetzeln ließ, und selbst der Frosch, der, als er aus dem Bett geworfen wurde, als leibhaftiger Prinz von der Wand federte, ist mir kein Unbekannter. Was gab es in diesen Geschichten nicht für Zeichen und Wunder! Da konnten Wölfe Kreide essen und sanftmütig zu den Geißlein sprechen, da hieb ein gewaltiger Kriegsherr einen Knoten, den niemand hatte lösen können, einfach mit seinem Schwert entzwei; da wurde einem flüchtenden Trojaner von geflügelten Dämoninnen das Essen ungenießbar gemacht, und ägyptische Könige, die vor Jahrhunderten einbalsamiert worden waren, standen auf und erschienen denen, die ihre Gräber beraubt hatten, im Schlaf. Das alles kenne ich seit langer Zeit. Nichts Neues unter der Sonne. Und unser Herr König hier fügt sich wunderbar hinein. Kein Lohn, und ein Wettlauf um das Fräulein Tochter. So weit, so gut!

Aber sieh da, sieh da! Uns in ein Zimmer aus Eisenwänden, mit einem eisernen Boden, einzusperren und dann darunter ein Feuer anzufachen, und das alles nur, damit ich seine Tochter doch nicht bekomme, das ist eine überraschende Wendung.

Dabei wäre alles beinahe von vornherein schiefgegangen. Also, wenn ich so überlege, was ich in den letzten Tagen alles erlebt habe, dann glaube ich fast, ich müsste demnächst aus einem tiefen Traum erwachen. Aber die zunehmende Hitze in diesem Raum erinnert mich wieder daran, dass alles, was ich gesehen habe, dass alle, die ich getroffen habe, Wirklichkeit sind. Und das ist gut so, denn uns sechsen kann kein König der Welt etwas anhaben, selbst wenn er alle mörderischen Sagen des klassischen Altertums nachspielt.

Der erste, den ich traf, kurz nachdem ich aus dem Kriegsdienst entlassen worden war und dem knickrigen König Rache geschworen hatte, war der Muskelprotz dort schräg links drüben. Ja, sagte er, er wolle schon mit mir kommen, er müsse nur zuerst seiner Mutter das Häufchen Holz nach Hause bringen. Mit diesen Worten nahm er ein Bündel aus sechs Baumstämmen, die er vorher ausgerupft hatte, auf die Schulter und trabte damit durch den Wald davon.

Der Nächste war der Jäger rechts neben mir. Was der für scharfe Augen hat! Er lag, seine Büchse im Anschlag, im Gebüsch und schoss - ich habe es wirklich selbst nachgeprüft - einer Fliege, die zwei Meilen entfernt auf dem Ast einer Eiche saß, das linke Auge heraus. Auch er zog mit uns.

Wenig später kamen wir zu sieben Windmühlen, deren Flügel sich wie wild drehten, obwohl kein Wind zu spüren war. Aber zwei Meilen weiter saß ein Mann auf einem Baum (er sitzt dort rechts drüben), der hielt sich ein Nasenloch zu und aus dem anderen blies er, um die Windmühlen in Schwung zu halten. Da waren wir schon zu viert.

Aber nur, bis wir den Einbeinigen trafen. Sein zweites Bein hatte er in einer ledernen Schlinge auf den Rücken geschnallt. Er behauptete, wenn er es anschnallte, könne er laufen, geschwinder, als wenn ein Vogel fliegt. Zuerst wollte ich es ja nicht glauben, aber seit heute Morgen ... Na ja, eines nach dem anderen.

Denn der sechste Kerl, der sich uns anschloss, der wird möglicherweise in den nächsten Minuten der Wichtigste in unserer Gesellschaft werden. Eigenartig, wie er sein Hütchen schief aufhat, ganz über das linke Ohr gezogen. Sobald er es gerade aufsetzt, so sagt er, entwickelt sich so ein Frost, dass alles ringsum einfriert. Also genau das, was wir jetzt brauchen, wo wir beginnen, allmählich bei lebendigem Leib geröstet zu werden. Er wird schon recht haben. Warum sollte ich ihm weniger glauben als dem Laufer und dem Jäger, deren Kunst ich heute bereits bewundern konnte? Das war nämlich so: Der König hatte sich bereiterklärt, statt meiner meinen Diener laufen zu lassen, unter der wenig bemerkenswerten Bedingung, dass dieser so wie ich mit seinem Leben haftete, falls er verlieren sollte. Es wurde vereinbart, dass die Wettkampfgegner in einem Krug Wasser aus einem weit entlegenen Brunnen bringen sollten. Wer zuerst zurückkam, sollte Sieger sein. Ich schnallte also dem Einbeinigen sein zweites Bein an, und er und die Königstochter gingen mit ihren Krügen an den Start. Ein Trompetenstoß erklang, und ab ging's, als wäre hinter meinem Freund der Leibhaftige her. Die Prinzessin war auch nicht schlecht, das muss ich schon sagen, ich glaube nicht, dass ich lange mit ihr Schritt halten hätte können. Aber im Vergleich mit dem, den ich Gott sei Dank als Verbündeten hatte, wirkte ihr Lauf wie das Schlendern einer altersschwachen Kröte. Bald waren beide Kontrahenten uns Normalsichtigen aus dem Blickfeld entschwunden. Aber ich hatte ja zum Glück meinen Jäger an meiner Seite. Der Bursche konnte mit seinem scharfen Auge alles genau verfolgen, was in der Ferne vor sich ging.

Der Laufer langte bei dem Brunnen an und schöpfte Wasser in seinen Krug. Dann machte er sich auf den Rückweg. Aber sein großer Vorsprung hatte ihn so sicher gemacht, dass er seiner Faulheit nachgab und sich am Weg niederlegte, um ein Schläfchen zu halten.

Er legte sich zwar mit dem Kopf auf einen zufällig dort vor sich hin bleichenden Pferdeschädel, um nicht allzu bequem zu schlummern und bald wieder aufzuwachen, aber die Prinzessin schaffte es doch, ihn einzuholen, zu dem Brunnen zu gelangen und nun ihrerseits ihr Gefäß mit Wasser zu füllen. Auf dem Rückweg kam sie wieder an dem schlafenden Mann vorbei und leerte sicherheitshalber, da sie seine enorme Schnelligkeit ja nun kannte, seinen Krug aus. Dann lief sie weiter auf uns zu. Nun blieb dem scharfsichtigen Jäger, der uns über alles, was vor sich ging, immer auf dem Laufenden hielt, nichts anderes übrig, als durch einen gezielten Schuss den Rossschädel unter dem Kopf des Schlafenden wegzuschießen, worauf dieser erwachte und feststellte, was ihm in der Zwischenzeit angetan worden war. Er musste nun noch einmal zu dem Brunnen, noch einmal Wasser schöpfen, und die ganze Strecke bis zur Stadt in Angriff nehmen. Was soll ich sagen? Ganze zehn Minuten früher als die Prinzessin trat er vor den König hin und reichte ihm das Wasser!

Ein bisschen beleidigt bin ich schon, dass die Königstochter so deutlich ihren Unwillen zeigte, als ihr klar wurde, dass sie mich nun würde heiraten müssen. Schließlich bin ich doch ein fescher Bursche, wenn auch nicht mehr der Allerjüngste, aber so hätte sie sich wirklich nicht anstellen müssen!

Der König lud uns zu Speis und Trank ein und versammelte uns zu diesem Zweck hier in diesem Raum, dessen Fußboden jetzt schon ziemlich heiß zu werden beginnt. Ich glaube, unser Freund, der Frostmacher, wird sehr bald sein Hütchen gerade-rücken müssen.

Wie es dann weitergehen wird, kann ich mir bei diesem einfallslosen König schon gut vorstellen: Um mich von der Idee abzubringen, seine Tochter ehelichen zu wollen, wird er mir Geld versprechen. Ich werde einwilligen, mich mit so viel zufriedenzugeben, wie mein Diener tragen kann. Dieser Diener wird dann natürlich der bärenstarke Kerl sein, der seiner Mutter das Bündel Baumstämme vor die Hütte trug, als wären es Spargelstangen. An sein königliches Wort gebunden, wird der gute Herrscher und liebevolle Vater aber nicht anders können als sämtliche Schätze seines Reiches herauszurücken, und wir werden uns aus dem Staub machen, denn dann gibt es ja nichts mehr, was mich hier hält; ich werde dann meine gerechte Belohnung für jahrelangen Dienst erhalten haben.

Vermutlich wird er vor Wut schäumen und ein berittenes und bewaffnetes Heer hinter uns nachschicken, um uns - auch diese Idee wäre nicht neu - auf diese Weise seinen Reichtum wieder abzuknöpfen. Aber mein Freund, der Nasenbläser, wird sie alle wieder in die Stadt zurückpusten und ihnen dabei noch auftragen, schöne Grüße auszurichten.

Dann wird seine Majestät vielleicht, um nicht sein Gesicht vor dem Volk zu verlieren, irgendeine arme Hexe verbrennen oder wieder ein paar arme Teufel zu irgendeinem Kriegszug anheuern. So wiederholt sich ja alles in der Geschichte.

Nur dieser Einfall mit dem glühenden Eisenzimmer, für den könnte ich in beinahe bewundern. Den habe ich noch nirgends gelesen. Also los, lieber Frostmacher, schiebe dein Hütchen vom Ohr, damit wir alles rasch hinter uns bringen! Uns sechs wird dieser König nie mehr erwischen können.

Er kann ja zum Trost mit seiner muskulösen Tochter „Mensch ärgere dich nicht" spielen. Oder er kann mit einem Lappen nach den lästigen Fliegen schlagen und laut ausrufen: „Sieben auf einen Streich!" Das ist zwar auch nicht neu, aber es würde zu ihm passen.

# Hänsel und Gretel

Papa, Papa! Lieber Papa! Du hast so oft gesagt, du bist immer für uns da. Oft am Abend, wenn wir ins Bett geschickt worden sind, hast du dich noch neben mich gesetzt und kleine Prinzessin gesagt und Engelchen und hast dir noch eine Geschichte einfallen lassen oder ein Lied gesungen. Dann hast du mit deiner armen rauen Hand meinen Kopf gestreichelt, und ich habe deine Hand so lieb gehabt. Oder wenn ich krank war. Freilich war die Mami immer gut zu mir und hat nahrhaftes Essen gekocht oder mir heißen Tee gebracht, damit ich bald gesund werde. Aber am meisten habe ich mich immer darauf gefreut, wenn du von der Arbeit im Wald heimgekommen bist. Ich habe schon jedes Geräusch gekannt. Zuerst hat das Gartentürchen gequietscht, dann waren deine lang-samen schweren Schritte auf dem Kies zu hören, dann hast du deine große Axt draußen im Schuppen abgestellt. Die Schuppentüre hast du nie zugesperrt, denn du hast gesagt, wer stiehlt uns armen Leuten hier heraußen in der Einschicht schon etwas? Dann sind wieder deine Schritte gekommen, die Türe ist aufgegangen, dann sind deine Stiefel, plumps, plumps, im Vorraum zu Boden gefallen; du hast sie immer in eine bestimmte Ecke stellen müssen, sonst wäre die Mami böse geworden. Da bin ich dann schon zur Türe gelaufen, und wenn du hereingekommen bist, hast du mich noch vor dem Hänsel aufgehoben und an dich gedrückt.

Ich habe dein unrasiertes Gesicht immer so lieb gehabt, Papa.

Zwei so hübsche und gescheite Kinder habe ich, hast du immer gesagt, und hast mit hübsch mich gemeint und mit gescheit den Hänsel. Obwohl du auch zu mir immer kleiner schlauer Wuschelkopf gesagt hast. Aber der Hänsel ist ja wirklich klüger als ich, er ist doch auch schon zwei Jahre älter und sein Kopf ist viel höher als meiner. Deswegen hat er auch gleich eine Lösung gefunden, wie wir uns retten könnten, als ihr uns das erste Mal in den tiefen Wald geführt habt.

Warum hat Mami gesagt, dass ihr das tun sollt? Warum, Papa? Es gibt doch viele arme Leute auf der Welt, und die stecken ihre Kinder auch nicht in den tiefen Wald und hoffen, dass sie nicht mehr zurückfinden. Ihr hättet uns doch zu netten Leuten geben können. Viele Kinder sind schon von ihren armen Eltern zu netten Leuten gegeben worden, damit sie eine Familie haben und nicht verhungern müssen. Als alles teurer geworden ist und ihr gemeint habt, dass wir nicht zu viert von deinem geringen Lohn leben können, da hätten wir arbeiten können. Hänsel sowieso, der ist geschickt und weiß viele praktische Dinge. Und ich hätte irgendwo saubermachen können, oder etwas sticken und verkaufen. Du hast doch immer gesagt, dass ich eine kleine Künstlerin bin. Wir hätten ein paar Jahre gearbeitet und das Geld, das wir verdient hätten, gespart oder gleich euch geschickt, und danach, wenn es euch wieder besser gegangen wäre, hättet ihr uns zurückgeholt und du hättest mich wieder an dein unrasiertes Gesicht drücken können. Warum nur habt ihr uns in den Wald gesteckt?

Du warst ja sowieso nicht einverstanden. Ihr habt geglaubt, wir schlafen schon. Aber so hungrig, wie wir waren, kann man nicht gut einschlafen, auch nach der schönsten Gutenachtgeschichte nicht. So haben wir alles gehört, wie Mami zu dir gesagt hat, was sie vorhat. Die arme Mami! Vielleicht war sie schon so traurig und verzweifelt, dass sie nicht mehr gewusst hat, was sie sagt. Ich glaube, dass es die Erwachsenen sehr schwer haben. Das Bisschen, das sie haben, müssen sie noch mit ihren Kindern teilen, und wir haben nicht einmal immer danke gesagt. Entschuldige bitte, Papa. Wenn du jetzt hier wärst, würde ich für alles danke sagen. Du würdest mich beschützen. Du würdest dieser bösen Frau sagen, dass sie selber in den Backofen kriechen soll, um zu schauen, ob es zum Brotbacken schon heiß genug ist. Der Hänsel, der immer so gute Ideen hat, ist draußen in seinem Stall eingesperrt und kann mir nicht helfen. O Papa und liebes Jesuskind: Sie will ihn essen!

Als wir das erste Mal im Wald ausgesetzt waren, hat der Hänsel uns noch retten können. Wir haben ja gewusst, was ihr vorhabt. Da hat er weiße Kieselsteine draußen im Garten gesammelt, und während wir mit euch von zu Hause weggegangen sind, immer tiefer in den dunklen Wald hinein, wo sich kein Mensch mehr auskennt und ich schon gar nicht, hat er immer wieder einen fallen gelassen. So haben wir im Mondlicht den Heimweg ganz leicht finden können. Du hast dich so gefreut, Papa! Glaubst du, ich habe nicht gesehen, wie du geweint hast, ganz heimlich, als ihr uns allein gelassen habt und gesagt habt, ihr holt uns nach der Arbeit wieder ab? Als wir wieder da waren, was ihr nicht erwartet habt, hast du wieder geweint, aber diesmal nicht heimlich, und ich habe den Hänsel in diesem Moment lieber gehabt als jemals davor, weil er dich so glücklich gemacht hat.

Dann ist es eine Zeitlang gut gegangen, aber plötzlich ist wieder alles teurer geworden. Diesmal habe ich weniger Angst gehabt, als die Mami vom Aussetzen im Wald geredet hat, weil ich gewusst habe, dass uns der Hänsel mit seinen Kieselsteinen retten kann. Aber die Mami hat die Haustüre zugesperrt, und er konnte keine Steine sammeln. Da hat er halt kleine Stückchen von seinem Brot auf den Weg gestreut, ich habe ja auch eines gehabt, das wollten wir uns teilen. Wir haben uns ja auch zu Hause kleine Brote immer geteilt, damit es für alle reicht.

Ich würde das geteilte Brot noch einmal teilen, Papa, wenn es sich dafür ausgehen würde, dass wir wieder bei euch zu Hause sein können. Ich hätte sicher lange ohne Zucker oder Wurst auskommen können. Viele arme Leute kommen mit ganz wenig aus und teilen alles, wenn sie sich nur liebhaben.

Beim zweiten Mal hast du wieder heimlich geweint, aber ich habe, ohne dass ihr es bemerkt habt, gelacht, weil ich gewusst habe, dass wir wieder ganz überraschend vor eurer Türe stehen werden. Ich habe mir schon vorgestellt, wie du mir ein altes Lied brummst und mich schlauen Wuschelkopf nennst, und wie stolz ich wieder auf den Hänsel sein werde.

Und dann haben die Vögel alle Brotstückchen aufgegessen gehabt, und wir haben den Weg wirklich nicht mehr finden können. Der Wald ist immer unheimlicher geworden, mit so vielen Spinnennetzen und Ameisenhaufen, und mit so viel Schatten und mit hohlen umgefallenen Baumstämmen und Dornen und Wurzeln zum Darüberstolpern.

Ich glaube, wir haben zweimal in diesem Wald übernachten müssen. Der Hänsel hat versucht, mir eine von deinen Geschichten zu erzählen. Ich habe ihn sehr lieb, den Hänsel. Aber jetzt steckt er in seinem Stall draußen, weil die böse Frau, der dieses Haus gehört, will, dass er sich fettfrisst, damit er ihr besser schmeckt. Lieber Papa, kannst du nicht kommen und uns zufällig finden? Ich will auch nie wieder etwas zerbrechen oder lästig sein, wenn die Eltern müde sind.

Ein wunderschöner weißer Vogel hat uns hierher geführt. Da war unser Hunger schon riesengroß, denn wir haben nur ein Stück Brot gehabt, das andere hat der Hänsel ja auf den Weg gestreut, und Beeren schmecken zwar gut, aber der Hunger geht davon nicht weg, und außerdem hat bei den schönsten der Hänsel immer gesagt, sei vorsichtig, Gretel, die könnten giftig sein. Aber als wir zu diesem Haus gekommen sind, und das Dach war aus Lebkuchen, die Wände aus Brot und die Fenster aus Zucker, da war auch er nicht mehr vorsichtig und wir haben wie ganz reiche Kinder so lange genascht, bis uns schlecht war.

Aber auf einmal ist diese Frau herausgekommen. Die ist uralt, ich glaube, sie ist fast so alt wie du und Mami. Sie hat ganz rote Augen, weißt du, sie sieht fast nichts. Das ist gut. Zuerst hat sie sehr freundlich getan und uns eingeladen, endlich sind wir wieder einmal in einem weichen warmen Bett gelegen. Wir haben uns nicht gefürchtet, ich, weil der Hänsel bei mir war, und der Hänsel, weil die Frau bis auf die roten Augen recht hübsch ist. Nicht mit Warzen und einem Buckel wie eine Hexe.

In der Früh aber, auf einmal, hat sie den Hänsel gepackt und in den Stall gesperrt und gedroht, dass sie ihn essen wird. Seither muss ich die Frau immer bedienen und gute Sachen kochen, die der Hänsel bekommt, damit er knusprig wird. Ich selber kriege nur Brotrinden und Krebsschalen und andere grausliche Sachen, dass ich oft lieber hinausgehen würde in den Wald und von den giftigen Beeren essen. Jeden Tag will die böse Frau nachmessen, wie stark der Hänsel schon zugenommen hat, aber er hat schon wieder eine kluge Idee gehabt und streckt ihr nur einen halb abgenagten Hühnerknochen entgegen, und weil sie doch nicht gut sieht, glaubt sie, er ist immer noch zu mager und lässt ihn weiterleben.

Aber jetzt ist ihr, glaube ich, die Geduld gerissen, und sie will schon das Brot backen, das sie als Beilage zu meinem armen Hänsel essen will. Und jetzt soll ich in den Backofen kriechen und nachsehen, ob er zum Backen schon genug vorgeheizt ist.

Papa, lieber, lieber Papa! Ich fürchte mich so! Ich habe Angst, dass die Frau die Ofentüre hinter mir zumacht und statt dem Brot mich als Beilage nimmt! Was soll ich nur tun? Glaubst du, wenn ich sage, ich traue mich nicht, dass sie dann selber in den Ofen kriecht?

Du hast uns oft beim Schlafengehen eine Geschichte erzählt, in der ein gewaltiger Riese, der stark, aber dumm war, von einem schlauen kleinen Mädchen besiegt wurde, dass er zum Schluss gar nicht mehr wusste, wo oben und unten war, und das Land für alle Zeiten in Ruhe ließ.

Ich werde der Frau sagen, ich weiß nicht, wie man in den Ofen kommt durch dieses dunkle verwinkelte Loch, und wenn sie es mir hoffentlich zeigt, dann mache ich die Augen zu und denke ganz fest an dich, Papa, und drücke sie hinein, so fest es geht. Auch an das liebe Jesuskind werde ich denken, und an die Mami; ich glaube, sie wollte uns eigentlich gar nicht loswerden, sie war nur so traurig, weil sie uns nur alte Kleider hat geben können und keine teuren Spielsachen. Falls wir euch jemals wiederfinden, bringe ich der Mami eines von den schönen Kleidern mit, die die Frau in ihrem Schrank hängen hat. Und für dich werde ich auch irgendetwas Schönes finden, Papa. Ich bin ja dein schlauer Wuschelkopf.

O Papa - sie kommt!

# Das Rätsel

Nichts leichter als das! Meine Vorgeschichte ist so unglaublich, dass sich daraus mit Leichtigkeit eine Rätselfrage stellen lässt, wie sie diese übermütige Königstochter im Leben noch nicht gehört hat. Sicher von keinem der neun Armen, die schon ihr Leben lassen mussten. Die hatten halt keine so unglaubliche Vorgeschichte, aus der sie schöpfen konnten wie aus einem bodenlosen Bottich. Ich aber muss schöpfen, ob ich will oder nicht. Denn ich muss sie haben, diese Prinzessin, bei deren Anblick ich dieses gewisse Ziehen in der Leistengegend spüre. Ich habe es schon oft gespürt, aber noch nie so stark wie jetzt, wo ich sie gesehen habe und mir allein beim Gedanken an eine Heirat mit ihr schon der Duft ihrer Haut in die Nase steigt. Mir ist, als könnte ich in meinen Handflächen schon die zarte Rundung ihrer Brüste fühlen, und in meinem Mund ist der Geschmack ihrer Zunge, die ganz bestimmt besser zum Küssen als zum Rätsellösen geeignet ist.

Nun gut, sie will von dem, den sie heiraten soll, eine Rätselfrage hören, die so schwer ist, dass sie sie in drei Tagen nicht lösen kann. Aus meiner Vorgeschichte könnte ich zwanzig Rätsel-fragen stellen, und wenn die Prinzessin eine Zwillingsschwester hätte, oder noch drei oder vier, selbst wenn sie all ihre Cousinen auf mich losließe, ich könnte sie alle mit Fragen versorgen. Und auch danach bräuchten sie sich alle nicht zu beklagen. Ebenso wenig wie das Mädchen neulich Abend, und ebenso wenig wie ihre zauberische Stiefmutter. Ich habe sie nacheinander gehabt, nicht weil ich oder die Stiefmutter es so gewollt hatten, sondern weil das junge Mädchen zu verschämt gewesen war, gleichzeitig mit der Alten nackt im Bett eines Mannes zu liegen. Und wenn ich sage „die Alte", so muss festgestellt werden, dass auch sie erst so etwa Mitte dreißig war; und kundig im Umgang mit allen Zauberstäben der Welt.

Aber jetzt bin ich ja schon mitten drin in meiner unglaublichen Vorgeschichte. Ich wollte als abenteuerlustiger Königssohn mit meinem Diener die Welt erkunden. Eines Abends kamen wir an ein Häuschen, in welches eben dieses junge Mädchen gerade verschwinden wollte. Als ich das mir so wohlbekannte Ziehen im Leib spürte, fragte ich sie, ob wir wohl in ihrem Haus für die Nacht unterkommen könnten. Zu meiner großen Freude bejahte sie, aber mit einer solchen Traurigkeit in ihrem Blick, dass ich neugierig wurde. Sie warnte uns vor ihrer Stiefmutter, die nach ihrer Aussage eine böse Hexe war und es mit Fremden nicht gut meinte. Kurz, sie riet uns eigentlich von einem Aufenthalt im Haus ab. Aber ehe sie mich noch aufhalten konnte, war ich, mit dem Hinweis, ich wollte schon vorsichtig sein, drinnen. Zu sehr brannte in meinem Inneren die Sehnsucht danach, mit diesem blutjungen Geschöpf eine Nacht lang unter einem Dach zu sein. In der Tat erwies sich auch ihre Stiefmutter als eine junge Frau von ganz erlesener Schönheit, sehr feminin, mit langem rotem Haar, das sie, als wir eintraten, von einer Masche befreite und frei über ihre Schultern fallen ließ.

Ich gebe zu, dass mir, als sie etwas zu kochen und Getränke einzuschenken begann, nicht ganz wohl zumute war, aber auf Essen und Trinken kam es mir sowieso nicht an, und so zog ich mich bald unter Vorgabe großer Müdigkeit in mein Zimmer zurück. Es dauerte nicht lange, da öffnete sich zum ersten Mal leise die Türe. Dann spürte ich, wie sich ein warmer Körper neben mich legte, und bevor ich noch fragen konnte, welche von den beiden Damen mir denn die Ehre erwies, wurde mir mit einem innigen Kuss der Mund verschlossen, und die Frage war ohnehin sinnlos, denn beide waren schön und vielversprechend. An ihren Formen, die ich im Dunkeln ertastete, stellte ich sehr bald fest, dass es sich um das junge Mädchen handelte, denn ihre Brüste waren klein und fest, und um die Hüfte war sie schlanker als die Stiefmutter. Wir waren gerade dabei, zum eigentlichen Geschehen vorzudringen, als eine dritte Gestalt in unser Bett schlüpfte und begann, sich an den gerade freiliegenden Stellen meines Körpers gütlich zu tun. Doch die

Tochter ließ ganz plötzlich von mir ab, flüsterte „Das will ich nicht" und huschte hinaus. Viel, viel später, nachdem die unersättliche Stiefmutter mich endlich verlassen hatte und ich meinte, nun in meinen wohlverdienten Schlaf sinken zu können, ging die Türe abermals auf, und herein kam das Töchterlein. Sie hatte doch tatsächlich die ganze lange Zeit draußen im Flur gewartet, bis ich allein war, und war nun gekommen, um sich ihren Anteil an der Beute zu holen. Mein Diener war ihr wohl zu minder gewesen, oder zu alt, oder was weiß ich. Ich war zwar schon ziemlich müde, aber, mein Gott, das Ziehen in der Leistengegend! Auch sie schwebte nach einer guten Stunde erfüllt von dannen.

Schon bis hierher müsste sich doch eine Rätselfrage ausdenken lassen. Zum Beispiel: Was ist das, eine lädt ein und eine kocht und sie teilen sich´s und schneiden´s doch nicht auseinander?

Nein, das ist zu leicht, die Prinzessin mit ihrer lasziven Phantasie kommt bestimmt dahinter, und dann hängt mein Kopf bei den neun anderen dort, statt in einem seidenen Hochzeitsbett zu liegen und sich von ihren zärtlichen Händen liebkosen zu lassen.

Also weiter in meiner Vorgeschichte: Am Morgen war ich rasch auf meinem Pferd und schon etwas von dem Häuschen entfernt. Mein Diener hatte Probleme mit seinem Sattel, da kam die Ältere und bot ihm ein Getränk an, das er mir bringen solle. Da aber geschah etwas Entsetzliches: Das Glas zersprang und von den paar Tropfen, die auf das Pferd spritzten, stürzte dieses um und verendete.

Vielleicht auch hierzu eine Frage; zum Beispiel: Was ist das, es springt und bleibt doch in der Hand?

Nein, das ist eher so eine Frage, wie sie manchmal Kindern gestellt werden, und die haben mit der Lösung weiß Gott wenig Probleme. So geht es also auch nicht. Verdammt, die Aufgabenstellung der Königstochter scheint doch nicht so einfach zu sein, wie ich zunächst dachte. Aber das Ziehen! Ich muss es schaffen!

Mein Diener rannte zu mir hin und erzählte mir, was geschehen war. Dann kehrte er kurz zurück, weil ihm um den Sattel leid tat, den wollte er holen. Auf dem Pferd hockte bereits ein riesiger Rabe und riss Fleischstücke aus dem toten Pferd. Als mein Diener ihn sah, dachte er, es wäre gut, für schlechte Zeiten Proviant mitzuhaben, so tötete er den Raben und nahm ihn mit.

Der Rabe! Irgendetwas in mir sagt mir, dass er für eine Frage gut sein könnte. Aber welche? Der Rabe! Ich nahm ihn und meinen Diener ja dann auf meinem eigenen Pferd mit. Also zum Beispiel: Was ist das, einer hat es im Magen und reitet darauf?

Nein, sie würde sofort auf ein Pferd kommen, und der Rest würde sich wahrscheinlich auch irgendwie ergeben. Die Prinzessin hat ja alle Lexika und Enzyklopädien zur Verfügung, alle Rätselbücher des Morgen- und Abend-landes gibt es in ihrer Bibliothek. Die Frage wäre zu einfach. Aber der Rabe, der Rabe! Er geht mir nicht aus dem Sinn.

Wir kamen dann zu einem Wirtshaus und beschlossen, dort die Nacht zu verbringen. Mein Diener wies den Wirt an, uns den Raben zuzubereiten. Aber jetzt kommt der unglaublichste Teil meiner Vorgeschichte: Wir machten ein kurzes Nickerchen, ohne zu ahnen, dass wir in einer der berüchtigtsten Räuber- und Mörderhöhlen des Landes gelandet waren. Während wir schliefen, traf eine Runde von zehn skrupellosen Mördern in der Gaststube zusammen, der Wirt und, wie sich herausstellte, auch die zauberische Stiefmutter vom Vorabend gesellten sich dazu, und zu zwölft fassten sie den Beschluss, uns zu töten und zu berauben. Zuvor aber wollten sie den inzwischen gebratenen Raben verzehren. Es hatte aber dadurch, dass er von dem vergifteten Pferd gefressen hatte, sich ein bisschen Gift auch in seinem Körper angesammelt, gerade genug, um die ganze mordlustige Runde, die sich über ihn hermachte, umzubringen. Ich kann mir gut vorstellen, wie alle zwölf sich zuerst ratlos gegenseitig anblickten und dann wie auf Kommando gleichzeitig von den Stühlen kippten. Es muss ein Anblick für Götter gewesen sein!

Als wir kurz darauf die Gaststube betraten, war nur mehr die sehr junge Tochter des Wirtes am Leben. Sie war natürlich völlig erschüttert und brauchte dringend aufbauenden Zuspruch. Sie bot uns ungefährliches Essen und Trinken und auch von den zusammengestohlenen Schätzen ihres Vaters, so viel wir mitnehmen wollten. Natürlich nahmen wir nichts, als wir am nächsten Morgen aufbrachen. Aber das Mädchen war sehr lieb und sehr unschuldig, wie sich auch zeigte, als ich sie, nachdem mein Diener eingeschlafen war, in ihrer Kammer besuchte. Denn das gewisse Ziehen hatte ich schon wieder gespürt, es war mit dem Wein, den sie uns einschenkte, durch meine Kehle geronnen, hatte mit dem Fleisch, das sie uns briet, von meinem Bauch Besitz ergriffen und sich anschließend in der Leistengegend festgesetzt, wie schon so oft in meinem Leben, wie auch am Vorabend, und wie jetzt angesichts dieser übermütigen Prinzessin, aber doch irgendwie anders. Denn die Wirtstochter war scheu und unberührt, und die Unschuld musste ihr so zart geraubt werden, dass sie sich trotz ihres Verlustes nicht schuldig fühlen musste. In der Tat gelang es mir, aus einer sich anfangs züchtig Zierenden eine Zupackende, Begehrende zu machen, die, wie ich sehr wohl bemerkte, bei meiner Abreise am nächsten Morgen heimlich ein paar Tränen vergoss und mir hinter dem Rücken meines Dieners die unzüchtigsten Kusshände zuwarf, die ich je erlebt habe.

Aus ihr kann ich keine Frage machen. Oder vielleicht doch? Die Welt einer schamhaften Jungfrau ist sicher so weit von dieser Prinzessin entfernt, dass ein Rätsel aus diesem Bereich sie vor eine fast unlösbare Aufgabe stellen würde. Aber fast unlösbar ist nicht genug. Ganz unlösbar muss sie sein. Sonst wird hier aus meinem Ziehen in der Leistengegend ein Schneiden in der Halsgegend, und das kann ich weder mir antun noch allen Frauen, die dann für alle Zukunft die Chance, sich von mir beglücken zu lassen, begraben müssen.

Aber der Rabe! Er ist, da bin ich mir sicher, der Schlüssel zu meinem Erfolg. Noch einmal: Er fraß von dem Pferd, wurde gebraten und tötete so auf Umwegen zwölf Menschen. Einen Augenblick ... Natürlich!

Was ist das, einer schlug keinen und schlug doch zwölfe?

Er schlug ja nicht das Pferd, aber er schlug die zwölf Menschen. Das ist es! Jetzt kann sie kommen und sich von mir eine Rätselfrage stellen lassen. Ich kann die Prüfung wagen!

Ich muss nur in den drei Tagen ihrer Bedenkzeit vorsichtig sein, dass ich nichts ausplaudere. Also kein Wort zu meinem Diener!

Und wenn ich im Schlaf spreche? Wenn sie eine ihrer Kammerjungfern schickt, um mich auszuhorchen? Ganz einfach, ich werde, statt zu schlafen, mit der Jungfer wach bleiben, und der Teufel soll mich holen, wenn sie dann noch Jungfer ist. Oder, noch besser, ich lasse meinen Diener statt mir in meinem Zimmer schlafen, dann mag sie schicken, wen sie will, oder auch selbst kommen, sie wird aus ihm nichts herauspressen können.

Wenn sie aber selbst kommt, dann würde es auch reizvoll sein, ihr einen Streich zu spielen. Sich schlafend zu stellen, irgendeine sinnlose Antwort auf die Rätselfrage zu lallen, ihr heimlich ein Stück ihres Gewandes abzunehmen und mit dessen Hilfe am nächsten Tag der ganzen Welt kundzutun, dass sie schon eine Nacht mit mir verbracht hat. Wenn sie errötet, werden alle es als ein Geständnis werten und überzeugt sein, dass sie auch das Rätsel nicht alleine gelöst hat, sondern sich von mir einsagen ließ. Dann muss sie mich heiraten, und, bei

Gott, ich sorge dafür, dass auch sie ein Ziehen in der Leistengegend verspürt, bei dem ihr jeder Zorn verraucht und sie jede Nacht verflucht, in der sie mich noch nicht kannte.

# Marienkind

Lula, lula, Kindelein,
Äuglein zu und schlafe fein.
Die Mutter macht dir´s Bett so weich,
dein Bruder ist im Himmelreich.

Ich war auch dort, weißt du? Und dieses Lied habe ich von meiner Mutter gelernt. Ich hatte doch einmal eine, oder?

Dein Bruder ist im Himmelsgold.
Maria hat ihn abgeholt.

Dich wird niemand abholen. Deine Mutter wird dich beschützen. Sie hat auch deinen Bruder beschützt. Aber die Jungfrau Maria war stärker, weißt du, so viel stärker. Sie ist stärker als wir Menschen alle, sogar als dein Vater, und der ist ein mächtiger König! Aber so weit die Grenzen seines Königreiches sich auch erstrecken, dort oben, wo die Vögel fliegen, wo die Wolken ziehen, dort ist seine Herrschaft auch schon zu Ende. Er hat meilenweite Macht über Länder und Gewässer, aber höher als er einen Stein werfen oder einen Pfeil schießen kann, reicht seine Gewalt nicht. Aber sie hat Gewalt. Sie spricht mächtig zu mir, und nur zu ihr kann auch deine Mutter sprechen.

Aber deine Mutter will nicht zu ihr sprechen! Ich will ihr nicht das sagen, was sie hören will! Bei meiner Zunge endet auch ihre Gewalt. Deshalb hat sie deinen Bruder, frisch aus dem Blut der Geburt, zu sich geholt. Dich wird sie auch holen wollen. Wie vor einem Jahr, wie vor einem Jahr.

Weißt du, mein Vater war kein reicher König. Wer war mein Vater? Ich kann mich nur an meine Mutter erinnern. Wenn ich an meine Mutter denke, sehe ich eine dünne Gestalt vor mir und rieche dürres Brot und Gemüse, und den Geschmack von salzigen Tränen kann ich schmecken. Wir hatten wohl gar nichts. Hinter unserer Hütte war der Wald. Weißt du, was ein Wald ist? Natürlich weißt du es nicht. Das ist ein Ort voller Bäume, mit weichem Moos zu deinen Füßen und dem fröhlichen Gesang der Vögel um dich her. Man kann ihn verstehen. Sie singen ihren Kindern auch Schlummerlieder, und am Morgen erzählen sie von der Sonne und davon, dass sie Hunger haben, und dann fliegen sie auf und durchstreifen die Lichtungen und sitzen wippend auf den Gebüschen. Ein Wald ist ein herrliches Haus, wenn die Wärme des Sommers sich in ihm einnistet und die kleinen Blüten am Boden ihren wunderbaren Duft versprühen. Siehst du, so ist der Wald.

Und die bösen Männer, die deinen Vater, den König, beraten, glauben, dass ich deinen Bruder vor einem Jahr getötet und gefressen habe. Wie können sie so etwas sagen? Aber ich kann ihnen nicht antworten. Ich spreche ihre Sprache nicht. Ich spreche überhaupt keine Sprache. Auch die hat sie mir genommen. Und trotzdem, Maria: Ich habe es nicht getan, und bis in alle Ewigkeit wirst du nicht hören, dass ich es getan habe! Nicht einmal du, mein kleiner Sohn, wirst jemals hören, dass ich es getan habe. Meine ganze Geschichte wirst du nie hören. Du würdest sie ja sowieso nicht glauben.

Weißt du, was sie mit Kindesmörderinnen machen? Sie binden sie an ein Holzgerüst, und dann setzen sie es in Brand und schauen zu und freuen sich, wenn die höchsten Flammen schon die Haut an den Füßen ihres Opfers zerfressen. Die meisten schreien dann. Denn es tut weh. Ja, schau, so wie wenn ich dich in deine winzigen Füße zwicke. Ja, genau so! Siehst du, du schreist auch.

Sei still, du brauchst dich nicht zu fürchten. Dein Vater ist ein großer König, und deine Mutter war im Himmel bei den Engeln, und sie hat alle Apostel gesehen, jeden Tag einen anderen. In den zwölf Wohnungen sitzen sie und schreiben heilige Geschichten bis in Ewigkeit. Du wirst auch schreiben lernen. Sie werden es dich lehren.

Dein Bruder ist ein Sternelein
und leuchtet in dein Bett hinein.

Du kannst dir ja gar nicht vorstellen, wie hell es im Himmel ist. Und immer warm, so warm, dass du keine Schuhe brauchst und kein Tuch um deine Schultern. Unsere Hütte war ja immer so kalt. Eisig zog es herein durch alle Ritzen und Spalten. Doch, ja, da erinnere ich mich auch an einen Vater. Auch eine dünne Gestalt. Er hustet und bläst in ein Taschentuch und geht mit einer großen Axt hinaus in den Wald. Von dort kommt nämlich der eiskalte Zug. Vielleicht ging er hin, um den Wald niederzuschneiden, damit der kalte Zug nicht mehr von dort her um unsere Hütte wehen konnte. Gleich hinter unserer Hütte war nämlich ein Wald. Weißt du, was ein Wald ist? Ein Ort voll rissiger, dunkler Gesträuppe, die dir die Beine und Arme aufreißen, wenn du durchläufst, weil du dich fürchtest vor irgendeinem Geräusch, einem Knattern und Flattern hinter dir. Wie du dich auch drehst und wendest, es ist immer hinter dir. Meistens sind es Vögel, die ausfliegen, um Insekten zu fangen und zu verfüttern an ihre Brut. Immer sind es die Vögel, selbst in der Nacht, wenn du dich in deinen hohlen Baum verkrochen hast und trotzdem frierst, wenn du vom ewigen Flüchten und Verstecken zum Sterben müde bist und trotzdem wachgehalten wirst vom nagenden Hunger, weil du kein kleines Vögelchen fangen konntest an diesem Tag und dich zufriedengeben musstest mit trockenen Wurzeln und steinharten Nüssen, die dir beinahe den Kiefer brechen beim Zerbeißen.

Das ist der Wald, mein Kind.

In diesen Wald hat sie mich geworfen, ohne Sprache, ohne Wärme, ohne schützendes Gewand. Aber deinen Bruder, den hat sie nicht in den Wald geworfen. Ich weiß, den hat sie zu sich in den Himmel geholt. Vor einem Jahr. Und ihn wird sie nicht in den Wald werfen, er wird schon klüger sein als ich. Er ist ja ein Königssohn!

Mein Vater ging den Wald umschneiden, damit er nicht immer den kalten Zug zu uns schickte. Aber zu essen konnte er uns damit auch nicht viel verschaffen. Da hat mich die Jungfrau Maria zu sich geholt. Ich glaube, mein Vater hat mich hergeschenkt. Nein, eigentlich hat er mich nicht hergeschenkt, sondern er wollte mir etwas schenken. Denn er wusste wohl, dass es im Himmel warm sein würde. Der Himmel hat keine Ritzen und Spalten, und dahinter gibt es keinen Wald. Niemand weiß, was hinter dem Himmel ist. Er ist ganz hell, und vor deinen Augen drehen sich unaufhörlich blau und rot die Himmelskörper. Die Erde ist blau, weißt du, und so klein, dass man sich wundert, für wie mächtig sich die Menschen halten. Aber davon darfst du deinem Vater nichts sagen. Er ist so stolz auf seine Königsmacht!

Weißt du, warum dein Vater mich geheiratet hat? Ich weiß es auch nicht. Auch er hat den Wald um mich her zerschnitten. Aber das war viel später, und er verwendete dazu auch nicht eine Axt wie mein Vater, sondern ein schimmerndes Schwert. Also eigentlich hat er ja nicht den ganzen Wald zerschnitten, sondern nur das Dornengebüsch, in dem ich mich versteckt hatte. Er war auf der Jagd und suchte seine Beute.

Gefunden hat er mich, und ich hatte doch nichts an. Aber mein Haar, weißt du, das war damals viel länger als heute. Ich hatte ja so lange in dem Wald gelebt. Und so konnte ich mich mit meinem Haar bedecken. Ich trug einen goldenen Mantel aus Haar, der beinahe so aussah wie der Mantel der Jungfrau Maria, den sie trug, als sie zu mir sagte: "Ich gehe auf eine große Reise. Hier gebe ich dir die dreizehn Schlüssel des Himmels in Verwahrung." Wie Maria war ich gekleidet, als der König mich fand. Aber mir war kalt, ich hatte Angst und hungerte. Ob dein Bruder jetzt wohl auch einen goldenen Mantel trägt?

Er trägt ein goldnes Kleid sogar
aus Seide und aus Engelshaar.

Wenn du in den Himmel hineinkommst, meinst du zuerst, du müssest blind werden von all dem Glanz. Aber deinen Augen wird Gnade verliehen, zu sehen, und deine Ohren hören den unsterblichen Gesang der Welten, ganz laut, du glaubst, dein Kopf müsse zerplatzen von dem gewaltigen Klang, aber auch ihnen wird Gnade verliehen, und du leidest unter der Wucht des Geräusches überhaupt nicht, viel weniger als unter dem Geknister und Geraschel in einem feindseligen Wald.

Aber in so einen Wald hat Maria mich geworfen. Weil ich es nicht sagte. Weil ich es nicht zugeben konnte. Ich gebe auch jetzt nichts zu. Hörst du, Maria, ich habe es nicht getan!

Ganz leise, Kind: Komm näher, ganz an meinen Mund! Dir, nur dir allein will ich alles in die Ohren atmen, wenn ich schon nicht sprechen kann. Und habe keine Angst, Maria kann dich nicht auch holen wie deinen Bruder. Hör zu: Ich war im Himmel. Die dreizehn Schlüssel gab sie mir zur Verwahrung. Heute weiß ich, sie wollte mich nur prüfen. Sie ist heimtückisch. Hüte dich vor ihr! Wenn sie jemals vor dir steht und dich zu sich holen will, dann nimm das Schwert deines Vaters und hole aus und schlage ihr den Kopf entzwei! Sie will dir ja doch nur Schmerz zufügen. Weißt du, was Schmerz ist? Das - ich beiße dich in dein Ohr - ja, siehst du, das ist Schmerz, so schreist du jetzt und so schreist du, wenn sie dich mitnimmt. Die dreizehn Schlüssel gab sie mir und sagte: „Nur die ersten zwölf Türen darfst du aufschließen. Die Türe, die dieser kleine Schlüssel öffnet, ist dir verboten. Hüte dich, dass du sie aufschließest, sonst wirst du unglücklich." Verstehst du die Drohung, mein Kind? Sie droht dir, dann straft sie dich, weil du ja doch nur ein Mensch bist und nicht gehorchen kannst, weil du neugierig bist und dich nicht beherrschen kannst. Und sie weiß von Anfang an, dass du schwach werden wirst und dass sie dich strafen wird können. Aber sie will dich prüfen. Und erst wenn sie dich genug gequält hat, wenn sie dir so viel Schmerz angetan hat, dass du nicht mehr aus und ein weißt und alles zugibst, dann erweist sie ihre Gnade und lässt sich als die Großmütige anbeten, weil ihr Regenschauer im letzten Augenblick die Flammen des Scheiterhaufens zum Erlöschen gebracht hat, auf den sie dich stellten, weil du ihnen nicht erklären konntest, wieso dein Kind kurz nach der Geburt verschwunden war. Und selbst wenn du es erklären könntest, würden sie dir nicht glauben. Das ist die wahre Qual! Und Maria weiß davon, von allem Anfang an. Dreizehn Schlüssel gibt sie dir, in zwölf Wohnungen findest du die heiligen Apostel, biblische Geschichten schreibend bis in Ewigkeit. Und dann kommt der Augenblick, den du gefürchtet hast und den sie vorhergesehen hat: Du sagst: Nur einen Spalt; und: Ich gehe auch nicht hinein, ich will nur hineinlugen.

Alle Gnade, die deinen Augen gegen den Glanz des Himmels verliehen ist, wird zunichte vor der gleißenden Pracht, in der die allerheiligste Dreifaltigkeit in jenem dreizehnten Raum thront. Du kannst nur die Türe wieder zuwerfen, so schnell es geht, und dich in einer entlegenen Ecke des Himmels verstecken, um nicht alles gleich beim ersten Eintreffen der Jungfrau zu verraten.

Aber weißt du, deine Fingerspitzen verraten dich. Schau meine Fingerspitzen an, mein Kind, schau her, o Gott, schau doch her! Siehst du, wie sie wundgescheuert sind von jahrelangem Reiben und Waschen, und doch ist noch etwas von dem Gold an ihnen, das ihnen anhaftete, seit sie den Türstock jener verbotenen Wohnung berührten. Aber gesagt habe ich nichts! Ich nicht! Da warf sie mich zur Strafe in diesen Wald, meine Sprache hatte sie mir genommen, und wenn dein Vater mich dort nicht gefunden und auf sein Schloss geführt hätte, würde ich wohl jetzt noch nackt und frierend Beeren essen und in hohlen Bäumen den Morgen herbeisehnen, weil das Heulen der Nachträuber alle Gnade, die meinen Ohren je verliehen war, verspottete.

Aber ihre Rache war noch nicht zu Ende. Als dein Bruder geboren war, vor einem Jahr, da stand sie plötzlich in der Türe, dort drüben, ja, blicke nur hin. In Helligkeit und Schönheit stand sie da und fragte: „Nun, hast du es getan?" Für einen Augenblick war mir wieder eine Stimme gegeben, gerade genug, um antworten zu können: „Nein, ich habe die verbotene Türe nicht aufgemacht." Da nahm sie meinen Sohn, frisch wie er war im Blut der Geburt, und fuhr mit ihm in den Himmel.

> Es singen ihm gar Englein viel
> mit Flöten und mit Saitenspiel.

Kindesmörderin, sagten sie. Dein Vater hat sie beruhigt, unter Androhung der Todesstrafe hat er ihnen verboten, je wieder von seinem ersten Sohn zu sprechen. Denn was sie mit Kindesmörderinnen machen, weißt du ja. Ich habe es dir gesagt: der unsägliche Schmerz, so wie wenn ich dich an deinem Ärmchen ziehe. Ja, spürst du es, das ist Schmerz! Wie eiskaltes Ziehen durch rissige Holzwände, das dir den Schlaf raubt, wie ein bösartiger Hunger, den drei Dutzend noch nestwarme Vögelchen nicht stillen können, wie Feuerzungen, die an deinen Schenkeln hochschleichen, als wären es Schlangen, giftig, hässlich; abgrundtiefe Feinde, Feinde. Feinde!

Jetzt weißt du, was Schmerz ist. Aber still, mein Kind, kein Schmerz der Menschen dauert ewig. Es gibt den Tod. Von dem wissen die da oben im Himmel nichts. Den haben sie in ihrer unbarmherzigen Gerechtigkeit nicht eingeplant. Ich bin sicher, er kann erlösen, ohne es großartig als Gnade erscheinen zu lassen. Also sei still, mein Kind. Dich gebe ich niemandem als ihm.

> Lula, lula, Kindelein,
> Äuglein zu und schlafe fein.

Die Wärme, die das Zimmer auf einmal durchdringt? Der Glanz an der Türe!

Es ist also noch nicht genug. Und wird nie genug sein. Da schau, Maria, du Unholde! Mein Kind schläft still!

Und nein, tausendmal nein! Ich habe es nicht getan!

# Das singende springende Löweneckerchen

Die Gedanken ordnen. Was für ein harter Schlaf. Und es rauschten diese Nacht die Tannen so sehr. Als flüsterten der West- und der Ostwind, und der Nachtwind, von Ratsuchenden befragt, gäbe Auskunft durch ihre dunkelgrünen Äste, und der Südwind wiese den Weg über das Rote Meer. Was für ein Traum.

Die Gedanken ordnen. Die Stimmen ordnen. Jeder Wind, jede Tanne sprach mit einer Stimme, die fügten sich alle zusammen wie ein Brüllen. Wo sind meine Löwen? Und fügten sich doch auch wie die Stimme einer Frau zusammen. Einer Frau? Rasch jetzt, die Gedanken ordnen.

Ich bin so schwer. Kaum kann ich mich erheben. Und wie Gedanken ordnen, die jeden Rahmen meines armen Kopfes sprengen? Wirrer als ein Traum; ich hatte schon so viele Träume in meinem Leben. Aber diese Gesichte, dieses abgrundtiefe Rauschen, wie Tannen in meiner Heimat.

Heimat! Bin ich nicht von hier? Wo bin ich her? Nur wer weiß, wo er herkommt, weiß, wo er ist. Nur wer weiß, wer er war, weiß, wer er ist. Also: die Gedanken ordnen.

Ich bin nackt. Ich bin ein Mann. Ich liege auf einem breiten Bett, in einem halbdunklen Raum. Der Raum ist schön tapeziert, die Decke geht über vor kostbarer Stuckatur. Das Fenster, von schwerem Samt verdeckt, scheint geschlossen zu sein. Wo also rauschten und murmelten die Tannen? Das Kissen neben mir trägt den Abdruck eines Kopfes, der hier geruht haben mag im Schlaf. Und gemurmelt? Und gerauscht? Und wo sind meine Löwen?

Durch meine Erinnerung zuckt noch ein goldener Schimmer, nein, langsam jetzt - ich muss mich durch meine Visionen hindurchtasten, um an den Anfang zu gelangen. Hätte ich jetzt den roten Faden der Ariadne! Ganz langsam jetzt! Ich fliege, eine Taube, auf den leitenden Strahlen meines Gedächtnisses. Was rauschten die Tannen, was murmelte die Stimme einer Frau?

Frau! Ich habe keine Frau. Ich habe bei Tage keine Frau. Bei Nacht habe ich eine Frau. Habe sie, bis der haarbreite Strahl des Fackellichtes mich trifft und ich auf Flügeln des Verwunschen-seins sieben Jahre muss fliegen, und kann keine Sonne mich sehen und kein Mond, und nur der Südwind wird mich ver-raten an die Geliebte.

Nein, so geht es nicht. Ich muss die Gedanken ordnen. Ich bin nackt. Ich bin ein Mann. Stimmen vor der Türe, die aus edlem Holz ist mit kunstvollen goldenen Verzierungen, Stimmen vor dieser Türe tuscheln von Heirat und Herrschaft. Aber es lag doch der Löwe im Streit mit dem Lindwurm. Wie konnten sie, durch Rutenstreiche gebändigt und entzaubert, Vergessen suchen im Flug auf dem Rücken des Vogels Greif? Vergessen die Frau, vergessen das Kind, das Schloss. Und morgen wird Hoch-zeit gehalten. Wenn nicht - zwölf goldene Küken aus dem Ei schlüpfen, die meine Braut für die zweite Nacht mit mir eintauschen wird. Aber würde das etwas ändern? Für einen zweiten Flug über das Rote Meer ist der Greif schon zu erschöpft. Wenn nicht - aus der Nuss, die der Nachtwind in das Wasser fallen ließ, ein Baum wird zur Rast für Tier und menschliche Last. Aber woher das Ei? Woher die Nuss?

Die Gedanken ordnen.

Ich bin ein verwunschener Königssohn. Und der weiß-gekleidete Diener der Prinzessin wird mir auch heute Abend wieder meine Medizin bringen. Nein, er darf sie mir nicht bringen. Ich darf sie nicht einnehmen. Ich könnte sonst noch einmal die Worte überhören, die mir die rauschende Stimme der Frau ins Ohr sagt. Und bin doch bei Nacht nur ein Mensch, aber bei Tag ein Löwe. Doch das war einmal, ganz zu Beginn, und jetzt ist meine Ordnung wieder kaputt.

Noch einmal! Ich bin ein verwunschener Königssohn. Und neben mir lag heute Nacht meine Frau, jetzt sehe ich sie wieder ganz deutlich vor mir, schimmernd in ihrem goldenen Kleid, als schiene die Sonne in meiner nachtdunklen Kammer. Meine Frau hat zwei Schwestern, aber nur sie konnte ich mir erkaufen, als der Vater für sie das Vögelchen wollte. Und dann war ich selbst ein Vögelchen und ließ alle sieben Schritte ein Blutströpfchen und eine weiße Feder fallen, damit meine Geliebte mir folgen konnte durch beinahe sieben Jahre. Was dann? Jetzt bin ich ein nackter Mensch und weiß nicht wo und weiß nicht wann. Die Gedanken ordnen!

Zuletzt lag sie hier neben mir in meinem Bett. Und davor - ... Die Frau, die mich heiraten will, ist eine reiche Königstochter. Wir sind Kollegen. Aber sie ist gierig, denn sie will zu all ihrem Reichtum auch noch das goldene Kleid, das mein Mädchen trägt, das Geschenk der Sonne, die ihr nicht sagen konnte, wo die weiße Taube hingeflogen war. Und schenkte der Mond nicht ein Ei, und gab der Nachtwind nicht eine Nuss? Die Taube aber musste fliegen wohl sieben Jahre, weil ein Strahl den Prinzen getroffen hatte vom Licht der Fackeln durch einen Spalt, so haarfein, dass kein Mensch ihn bemerkt hatte. Und so sagte die Taube, sie werde wohl fliegen, aber weiße Federn und Blutströpfchen abwerfen alle sieben Schritte, dass die Geliebte ihr zu folgen vermöchte. So folgte das Mädchen - die Frau - an die sieben Jahre und verlor dann Blut und Federn aus den Augen. Weder wusste die Sonne Rat zu geben noch der Mond, nur der Südwind. Das ist die Ordnung der Gedanken. Ist sie das?

Ich war also Taube und dann Löwe, nach sieben Jahren. Im Kampf schon bald mit dem schaurigen Lindwurm. Aber der Nachtwind hatte gerauscht, und so wusste die Frau, mit welchen Binsen die beiden zu schlagen seien, um sie zu verwandeln in Mann und Weib. Doch was nützte es, die beiden schwangen sich auf den Rücken des gewaltigen Vogels Greif und flogen über das Rote Meer. Hierher. Ich liege jetzt hier, und bin nackt und bin ein Mann und es rauschten bei Nacht die Tannen so sehr. Gibt es hier überhaupt Tannen? Aber sie hatten die Stimme einer Frau im goldenen Kleid, die erzählte, sie sei meine Frau und habe mein Kind geboren.

Mein Löwenjunges.

Denn auch vor der Taube war ich Löwe bei Tag. So traf er mich an. Der Mann kam von einer langen Reise und hatte drei Töchter und wollte einer jeden etwas mitbringen, was sie sich von ganzem Herzen gewünscht hatte. Er trug schon Perlen und Diamanten mit sich, aber was die dritte Tochter wünschte, konnte er nur von mir erkaufen. Jetzt bin ich ganz am Anfang. Gedanken geordnet. Was immer ihm als erstes bei der Heimkunft begegnen sollte, war mein. Seine jüngste Tochter, ihm lieb vor allen. Und ich bei Tag ein Löwe, bei Nacht aber ein Mann und nackt wie jetzt. Wie jetzt auch rauschten in jenen Nächten die Tannen so laut, durch die Fenster in unser Schloss hinein. Doch anders als jetzt war ich am Morgen ganz leicht, und keine Träume irrten in meinem Kopf umher. Ich muss die irren Träume ordnen. Ich bin fast fertig damit. In jenen Nächten zeugte ich ein Kind. Dann heiratete ihre Schwester und sie wollte mich mit sich haben bei dem Fest. Ich hatte sie gewarnt, der Lichtstrahl, ich wusste es, würde mich zur Taube machen für sieben Jahre. Wer glaubt schon einem verwunschenen Königssohn? Das ist der Fluch. Das ist der Fluch.

Heute Abend werde ich die Medizin des Dieners, den die Prinzessin schickt, nicht trinken. Ich werde wach sein, wenn meine Frau kommt, und werde wie damals nackt sein und ein Mann. Ich will die Stimme meiner Frau hören und nicht das Rauschen von Tannen, die es jenseits des Roten Meeres ja gar nicht gibt. Ich will die goldenen Küken, für die meine Braut die zweite Nacht mit mir verkauft, ersticken und mit der Mutter meines Kindes an den Zweigen eines silbernen Nussbaumes entlang in die Heimat fliegen, über See und Nacht.

Jetzt aber will ich aufstehen und nachsehen, wo meine Löwen sind. Mein Gefolge, das mich begleitet seit den Tagen meiner Verwünschung. Wer hat mich verwunschen, und weshalb? Das ist doch allen egal, und ich, ich weiß es nicht mehr. Nicht einmal in den alten Märchen fragte jemand nach dem Grund. Prinz ward Löwe und Prinzessin ward Lindwurm und wand sich um Löwen in mörderischem Kampf, erlöst erst durch ein unschuldiges Mutterkind. Jetzt will ich aufstehen.

Gebunden! Und bin doch ein Mann. Und bin nackt. Mir ist kalt. Es rauschen von draußen die Tannen wie Löwengebrüll, der Wind weht den Samt zur Seite, Sonne bricht sich an schwerem Eisen und will auch mir ein goldenes Kleid durch die Gitterstäbe reichen. Ich will es nicht. Ich will aufstehen. Ich will hinaus! Hinaus unter den Baum, unter dem ich ruhte, als der Vater kam, um für seine jüngste Tochter das eine zu holen, was sie sich über alles wünschte. Oder ich will es selbst sein, was sie sich wünscht, und würde ihrem Vater voll Freude in die Arme fliegen und bei Tage ein Löwe sein und bei Nacht ein Mann und nackt, aber in der Dämmerung, wenn das vergehende oder erwachende Licht Lieder hervorruft aus Ufern und Fluren, würde ich sein, was sie sich wünschte in jener dummen, dummen Zeit: das singende springende Löweneckerchen.

# Märchen von einem, der auszog, das Fürchten zu lernen

Wenn´s mir nur gruselte!

Mich friert´s aber nur und gruselt´s nicht. Und wenn ich schon da herunten am Feuer friere, wie müsst ihr da oben erst frieren! Das weiß sogar ich und gehe nicht wie mein älterer Bruder aufs Gymnastium. Dass Feuer warm macht, und ihr zappelt sowieso schon vor lauter Kälte. Kommt doch herunter zum Feuer, wartet, ich helfe euch. Schön langsam, einer nach dem anderen!

Ich bin nämlich der dumme Bruder von uns zweien. Immer schon. Er ist telegent und hat viel gelernt, und wenn der Vater eine schwierige Arbeit hatte, gab er sie meinem Bruder, der sie brav und klug erledigte. Aber in meinen Kopf will einfach nichts hinein, und das Bisschen, das irgendwie hineingeht, verschwindet genauso schnell wieder. Mir macht das nichts! Hat nie etwas gemacht. Jeder hat seinen Platz im Leben. Rück doch näher, die anderen wollen ja auch ans Feuer!

Aber ein Angsthase ist mein Bruder auch. Gescheit wie er ist, so furchtsam ist er. Gegen Abend möchte er nicht über den Friedhof gehen oder sonst einen schaurigen Ort. Sagt er, schaurig. Ich weiß nicht, was schaurig ist. Und dass er nicht geht, es gruselt ihm. Oder wenn abends beim Feuer Geschichten erzählt werden, sagen die Zuhörer manchmal, es gruselt ihnen. Aber ich sitze dann in meiner Ecke und schnitze etwas oder rauche meine Pfeife und verstehe nicht, was sie meinen. Und denke mir, das wird wohl auch so eine Kunst sein, von der ich nichts verstehe.

Und einmal sagt der Vater, hör zu, du bist groß und stark, du musst auch etwas lernen, womit du dir dein Brot verdienst. Und dein Bruder, sagt er, schau, wie der sich Mühe gibt, aber an dir ist Hopfen und Malz verloren. Du taugst vielleicht nur zum

Königspielen. Hoffentlich findest du eine reiche dumme Prinzessin, die dich nimmt.

Sag ich, ich will gerne etwas lernen. Ich möchte lernen, dass es mir gruselt. Davon verstehe ich noch gar nichts. Da lacht der Bruder. Lacht, wohl weil er das Gruseln schon so gut kann. Und der Vater zieht ein Gesicht und seufzt und sagt, das Gruseln soll ich schon lernen, aber dass ich mir damit nicht mein Brot verdienen kann. Na also, da haben ja noch ein paar Platz am Feuer!

Eines Tages kommt der Küster zu Besuch, und ich weiß nicht, warum er Küster heißt. Denn Glocken läutet er und macht andere Arbeiten in der Kirche, aber wen küsst er? Und der Vater erzählt ihm, dass ich das Gruseln lernen will. Sagt der Küster, wenn´s weiter nichts ist, das kann ich bei ihm lernen. Und dass der Vater mich zu ihm in die Lehre schicken soll.

Wirklich geschieht das, und ich muss die Glocke läuten. Nach ein paar Tagen weckt er mich um Mitternacht, sagt ich soll aufstehen, in den Kirchturm steigen und läuten. Ich steige hinauf und greife nach dem Glockenseil und sehe, wie ich mich halb umdrehe, eine weiße Gestalt auf der Treppe stehen. Wer da, frage ich. Keine Antwort, und die Gestalt bewegt und regt sich nicht. Gib Antwort, rufe ich, oder mach dass du fortkommst, du hast hier in der Nacht nichts zu schaffen! Und glaubt ihr, die Gestalt hätte sich gerührt? So rufe ich wieder, was er hier will, und wenn er ein ehrlicher Kerl ist, soll er sprechen oder ich werfe ihn die Treppe hinunter! Keine Bewegung. Da rufe ich ihn zum - äh - dritten Mal an, und dann nehme ich einen Anlauf und stoße die Figur die Treppe hinunter, dass sie die ganzen Stufen hinunterfällt und in der Ecke liegenbleibt. Dann läute ich die Glocke und lege mich wieder ins Bett. Gleich eingeschlafen. Kommt, rückt noch ein Stück näher!

Auf einmal werde ich geweckt, es war die Küsterfrau und fragt, ob ich nicht weiß, wo ihr Mann geblieben ist. Er soll vor mir auf den Turm gestiegen sein. Nein, sage ich, aber da ist einer auf der Treppe gestanden, und erzähle ihr die ganze Geschichte, wie ich ihn für einen Spitzbuben gehalten und hinuntergestoßen habe. Und sie soll hingehen, und wenn es der Küster wäre, sollte es mir leidtun.

Wirklich findet sie dort in der Ecke ihren Mann, und ein Bein ist gebrochen. Was sagt ihr, wie konnte ich wissen, dass er es war, wo er sich doch weiß angezogen hatte und nichts sagte. Kein Wort! Und die Frau rennt mit großem Geschrei zu meinem Vater, ich hätte ein großes Unheil angerichtet, und sagt ihm alles. Und er soll den Taugenichts aus ihrem Haus schaffen. Mich gemeint. Da schimpft der Vater und was das für gottlose Streiche sind, die muss mir der Böse eingegeben haben. Sag ich, Vater, sag ich, ich bin ganz unschuldig. Er stand da in der Nacht wie einer, der Böses im Sinn hat. Ich hab ihn - äh - dreimal ermahnt. Aber er ruft, mit mir erlebt er nur Unglück, und er will mich nicht mehr sehen.

Gerne, sag ich, warte nur, bis Tag ist, da will ich ausgehen und das Gruseln lernen, dass ich auch eine rechte Kunst verstehe, die mich ernähren kann. Lerne was du willst, sagt der Vater, ihm ist alles einerlei. Gibt mir 50 Taler und schickt mich in die weite Welt, ich soll keinem Menschen sagen, wo ich her bin und wer mein Vater ist, weil er sich schämen müsste. Sag ich, ja Vater, wenn du nicht mehr verlangst, das kann ich leicht. Am nächsten Tag stecke ich also die 50 Taler in die Tasche und hinaus auf die große Landstraße. He, nicht so nah, ihr brennt ja an!

Wie ich so gehe und mit mir rede, wenn´s mir nur gruselte, wenn´s mir nur gruselte, da kommt ein Mann heran, der das wohl gehört hat, und geht ein Stück Weges mit mir. Dann sagt er - also ihr seid ja wohl noch dümmer als ich, da glosen schon die Hosenbeine und ihr sagt nichts und rückt nicht vom Feuer weg! Also er, der Mann, sagt, ich soll mich hierher setzen und die Nacht abwarten, so werde ich schon das Gruseln lernen. Ich verspreche ihm dafür meine 50 Taler. Er zeigt mir genau die Stelle, hier wo ich jetzt sitze, da wo ihr sieben mit des Seilers Tochter Hochzeit gehalten habt, sagt er, und jetzt das Fliegen lernt. Jetzt werde ich aber böse, wenn ich euch schon sage, ihr sollt eure Lumpen nicht anbrennen lassen! Ihr habt es nicht anders verdient, als dass ich euch jetzt wieder hinaufhänge! Wenn´s mir wenigstens gruselte! Ich weiß nicht, wie der Mann meint, dass ich es hier lernen soll, von euch, so dumm wie ihr seid.

Aber die 50 Taler kriegt er auch nicht!

# Das Lämmchen und Fischchen

Wisst ihr, Kinder, dass ich mir einmal so eine richtig böse Stiefmutter gewünscht habe, so wie im Märchen? Das hättet ihr von eurer Großmutter nicht geglaubt, was? Mein Bruder und ich, wir waren eigentlich immer viel zu brav. Wenn wir im Garten mit anderen Kindern spielten, passten wir überaus genau auf, ob wir mit unserem Lachen auch niemanden in der Nachbarschaft störten. Wir waren die Ersten, die sich beim Betreten einer Wohnung die Schuhe auszogen. Und selbst beim Essen, wenn uns etwas aber schon überhaupt nicht schmeckte, würgten wir es ohne Widerrede mit aller Kraft hinunter, obwohl wir genau wussten, dass es der Sonne am nächsten Tag völlig egal war, ob irgendwelche zwei Kinder am Vorabend ihre Teller leer geputzt hatten oder nicht. Wir gaben keine frechen Antworten, sagten emsig „Bitte" und „Danke", und von unserer alten Tante Karoline ließen wir uns bei jeder Begrüßung und Verabschiedung geduldig die Gesichter abküssen, obwohl ihre Küsse furchtbar nass und schlabbrig waren. Kurz und gut - wir waren zwei erschreckend brave Kinder!

Vielleicht könnt ihr meine eigenartigen Phantasien besser verstehen, wenn ihr bedenkt, dass ich im Sternzeichen Widder bin und mein Bruder ein Fisch. Ich glaube im Grunde genommen eigentlich nicht an all diesen Unsinn. Wenn schon unsere liebe und relativ nahe gelegene Sonne sich nicht ernsthaft um die leergegessenen Teller der Kinder kümmert, um wie viel weniger können Sternbilder, die Millionen Lichtjahre entfernt sind, und von denen wir nichts wissen außer dass es sie gibt, wie also können diese entlegenen Himmelskörper irgendeinen Einfluss darauf haben, was wir tun oder wie es uns ergeht? Noch dümmer finde ich heute das, was unter der Überschrift „Horoskop" in allen Zeitungen und Zeitschriften zu lesen ist. Die glauben doch nicht im Ernst, dass alle Tausenden Menschen, die zu einer ähnlichen Zeit geboren sind, tatsächlich am selben Tag die Liebe ihres Lebens kennenlernen oder eine finanzielle Überraschung erleben oder mit ihrem Chef streiten. Ist doch alles Blödsinn!

Aber damals, als wir noch Kinder waren, übten diese täglichen Orakel eine unerklärliche Anziehungskraft auf uns aus. Was ein Orakel ist? Also, das erkläre ich euch ein anderes Mal.

**Seien Sie präsent und stellen Sie sich neuen Herausforderungen. Kleinere Unstimmigkeiten könnte es aber im Privatleben geben.**

Das passte doch überhaupt nicht zu mir! Die ärgsten Herausforderungen, denen ich mich zu stellen hatte, waren meine Rechenübungen, und selbst die forderten mich nicht sehr, weil ich immer eine aufmerksame, fleißige und daher auch gute Schülerin war. Und wie konnte es Herausforderungen im Privatleben geben, wo ich doch behütet aufwuchs, einen kleinen Bruder hatte, mit dem ich mich wunderbar verstand, und jederzeit wusste, dass, wenn wir draußen im Garten mit den Nachbarskindern spielten, unsere Mutter am Fenster stand und lächelte und ihre Freude hatte am harmlosen Treiben ihrer geliebten Kinder.

Und mein Bruder, das arme kleine, unschuldige Fischchen!

**Nur nicht den Partner verärgern! Eine Versöhnung würde lange auf sich warten lassen.**

Ehrlich, ich kann mich an keinen einzigen Streit mit meinem Bruder erinnern. Mit ihm konnte man einfach nicht streiten. Nicht dass ich es jemals gewollt hätte, aber allein die Idee, mit diesem sanften, stillen und immer hilfsbereiten kleinen Wesen jemals einen Zwist zu haben, ist mir unvorstellbar. Auch unter den Erwachsenen, die über ihn sprachen, war immer nur die Rede von seiner Bescheidenheit, seiner Klugheit und Geduld. Eigentlich direkt langweilig, wenn ich heute so darüber nachdenke.

Ja, und seht ihr, dieses kleine Bisschen Langeweile, das habe ich wohl schon als Kind gespürt. Natürlich hätte ich nie darüber gesprochen, noch viel weniger mich beklagt, erstens weil sich das nicht gehört hätte, und zweitens auch deshalb, weil ich nie unglücklich genug war, um mir dieses winzige Ausmaß an Langeweile überhaupt bewusst zu machen. Nicht einmal mit meinem Bruder habe ich je darüber gesprochen. Nein, nein, mit ihm am allerwenigsten! Er war ja so klein und so unschuldig, und so wollte ich ihn auf keinen Fall an meinen kleinen, aber für mich damals sehr schlimmen Phantasien teilnehmen lassen.

**Probleme könnte es nun im Beziehungsleben geben. Zügeln Sie aufkommende Eifersucht, lassen Sie den Partner an der langen Leine.**

So schrieben sie über meinen Bruder, der mir so nahe stand wie niemand sonst und der sich dabei wie ich der völlig gleichmäßig verteilten Liebe unserer Mutter sicher sein konnte. Ihr seht also, was für ein Blödsinn in diesen Horoskopen stand und auch heute noch steht! Aber so unsinnig sie auch waren, ich liebte sie! Es verging kein Tag, ohne dass ich schnell und heimlich die entsprechende Seite in der Zeitung aufschlug und mich in das Studium dessen vertiefte, wovon irgendeine Quatschtante meinte, dass es uns an diesem Tag widerfahren sollte. Ich sehnte mich nach der Gegnerschaft der Venus, ich war wild nach der unbändigen Kraft des Mars, und ein dunkler Neptun-einfluss jagte mir wohlige Schauer über den Rücken. Ich kann mich erinnern, dass ich damals fest entschlossen war, meinen ersten Sohn, falls ich einen bekommen sollte, Uranus zu nennen. Und als meine Eltern eine Jupiter-Versicherung abschlossen, wusste ich, dass uns nichts mehr passieren konnte.

**Ab Montag ist wieder Merkurhilfe angesagt.**

Ehrlich: Konnte einem etwas Besseres geschehen?

Seht ihr, Kinder, so harmlose Vergnügungen erfreuten eure Großmutter in ihrer Kindheit, und sie kam sich dabei richtig verrucht vor. Wenn ich lese, wie viele junge Leute sich heute nur mehr mit Drogen und künstlichem Rausch aus der vermeintlichen Langeweile reißen können, und damit meine kindliche Leidenschaft für die Sterne vergleiche, dann denke ich manchmal, vielleicht sollten die Politiker Geld für eine richtig spannende Horoskop-kampagne für Jugendliche auftreiben. Wer weiß, wie viel Leid und Unglück damit verhindert werden könnte!

**Auf der Hochschaubahn der Gefühle warten einige interessante Begegnungen auf Sie, und Sie wollen sich doch sicher von Ihrer besten Seite zeigen, oder?**

Nein! Ob ihr es glaubt, Kinder, oder nicht, ich wollte nicht. Natürlich tat ich es, und ich war ja auch gerne brav, aber irgendwo, in irgendeinem versteckten Hinter-stübchen meines Wesens wollte ich ganz, ganz schlimm sein. Und so begann ich, aus dieser unbewussten Sehn-sucht und aus der täglichen Lektüre der Horoskope meine ganz eigene heimliche böse Lebensgeschichte zu basteln: das Märchen vom Widder und vom Fisch. Also eigentlich vom Lämmchen und vom Fischchen, denn was ein Widder ist, wusste ich damals nicht so genau. Ich wusste nur, wie man ihn schreibt, sodass mir kein einziger Fehler unterlief, wenn jemand mir diktierte: „Der Widder kehrte nur widerstrebend wieder." Wie gesagt, ich war eine sehr gute Schülerin.

**Seien Sie nicht so naiv zu glauben, dass es alle Menschen nur gut mit Ihnen meinen.**

Aus solchen Warnungen entstand meine Geschichte: Mein Bruder und ich waren durch den frühen Tod unserer echten Mutter unwissentlich in die Hände einer bösen zauberischen Stiefmutter gefallen. Oft stand sie am Fenster unseres schloss-ähnlichen Hauses und beobachtete unsere vergnügten Spiele mit den Nachbarkindern. In ihrem schwarzen Herzen aber erwog sie bereits düstere Pläne: Sie beneidete uns um unser unbeschwertes Glück, und bei der ersten günstigen Gelegenheit schlug sie zu: Indem sie eine uralte Beschwörungsformel murmelte, verwandelte sie mich in ein Lamm und meinen Bruder in einen Fisch, der nun sprachlos in dem Teich umherschwimmen musste, welcher sich von hinten bis an die Mauer des Hauses erstreckte.

**Am Sonntag haben Sie Venus gegen sich. Mutige allerdings werfen trotzdem die Netze aus.**

Was für ein herrliches Horoskop für einen Bruder, der in meiner Phantasie soeben selbst zum Fisch geworden war! Als Lämmchen war ich natürlich äußerst unglücklich und stand stundenlang am Ufer des Teiches, ohne ein Hälmchen zu fressen. So ging es eine Weile, bis eines Tages Gäste in das Schloss kamen ...

**Vergessen Sie nicht, dass Sie eine Person lange geärgert haben und diese zurückschlagen wird.**

Unsere böse Stiefmutter beschloss, ihren Gästen den zartesten Lammbraten zu servieren. Könnt ihr euch schon denken, Kinder, wer da gegessen werden sollte? Und schon kam der Koch heraus, band mir die Füße zusammen und wollte mich zur Küche schleppen. Ich konnte bereits hören, wie sein Gehilfe das große Messer wetzte! Mein armer Bruder sprang im Wasser auf und ab und wollte mir auf irgendeine Art und Weise helfen, aber natürlich vergeblich.

**Bei den gegebenen planetarischen Einflüssen lässt sich nichts erzwingen. Berufliche Schwierigkeiten resultieren daraus, dass Sie Ihren Einfluss derzeit gewaltig über-schätzen.**

Doch dann, als der Koch mich schon unter seinen Arm gepackt hatte und forttragen wollte, war uns plötzlich eine menschliche Stimme verliehen. Ich rief:
    „Ach, Brüderchen im tiefen See,
    wie tut mir doch mein Herz so weh!
    Der Koch, der wetzt das Messer,

will mir mein Herz durchstechen!"

Und mein Bruder antwortete:
„Ach, Schwesterchen in der Höh',
wie tut mir doch mein Herz so weh
in dieser tiefen See!"

Als der Koch diese Verse hörte, erschrak er zuerst natürlich ziemlich, denn in seiner langjährigen Praxis hatte noch kein potentieller Braten Gedichte aufgesagt. Was ein potentieller Braten ist? Also, das erkläre ich euch später. Auf jeden Fall gewann der Koch sehr bald seine Fassung wieder und er erkannte, dass hier etwas nicht mit rechten Dingen zuging. „Sei ruhig, ich will dich nicht schlachten!" raunte er mir zu. Dann ließ er mich los, kaufte heimlich ein anderes Lamm und bereitete es zu.

**Bringen Sie in dieser Woche Ihr geschäftliches Schäfchen ins Trockene.**

Uns beide aber brachte er zu einer guten Bäuerin, die zufällig unsere Amme gewesen war, die sprach einen Segen über uns, und sofort waren wir wieder in Menschen verwandelt. Dann führte sie uns zu einem kleinen Häuschen tief im Wald, wo wir fortan einsam, aber glücklich und zufrieden lebten. Was eine Amme ist, erkläre ich euch später.

Ihr seht, meine gefährliche Geschichte fand ein sehr rasches und harmloses Ende, denn, ehrlich gesagt, ich hatte nach einiger Zeit begonnen, mich vor meiner eigenen Geschichte zu fürchten. Und sie erschien mir auch, je mehr ich darüber nachdachte, unfair gegenüber unserer lieben Mutter, die es immer so gut mit uns meinte.

**Vielleicht glauben Sie, dass Ihre sinnlichen Gefühle zu kurz kommen.**

So ein Unsinn! Wir waren weiter brav, grüßten weiter höflich, und ließen uns auch weiter von unserer Tante Karoline abschlabbern. Sie hat uns dann später übrigens ganz schön was vererbt. Aber das nur so nebenbei. Das Lesen der Horoskope habe ich dann natürlich auch eingestellt. Ich hielt es auf einmal für erwachsener, diesen Unsinn nicht zu glauben.

So, und jetzt ab ins Bett! Es ist schon spät, und ich habe heute noch etwas zu erledigen. Ich möchte nämlich meine hübsche Geschichte schriftlich niederlegen. Und wisst ihr, was in meinem heutigen Horoskop steht?

**Alle schriftlichen Dinge sollten sofort aufgearbeitet werden.**

# Aschenputtel

Wie früh es jetzt schon dunkel wird! Es war ein kurzer Sommer heuer, und auch der war erfüllt von Regen und trüben Wolken, sodass der Übergang zu einem frühen Herbst ohne Überraschung kommt, ohne das übliche Erschrecken darüber, wie rasch die Zeit vergeht. Die Wiesen sind am Morgen immer nass, ob vom Tau oder vom nächtlichen Regen, ist eigentlich egal. Man hat sich gewöhnt an das sanfte Rascheln der auf Laub und Gras fallenden Tropfen, man nimmt das beständige Sausen des kühlen Windes aus Nordwest kaum noch wahr, und wenn hin und wieder ein Sonnenstrahl sich durch die dichten Wolkenhaufen auf die Erde verirrt, dann möchte man die Augen schließen, weil der gleißende Dunst, der aus den Wiesen steigt, fast zu grell ist für die Augen, die schon vergessen zu haben scheinen, dass eine solche Helligkeit existiert.

Nicht, dass es mir viel Unterschied bedeuten würde, welche Jahreszeit wir gerade haben. Hier in der Stube zwischen all meinen Büchern ist immer Winter. Ich zünde meine Lampe an, aber sie wird die Düsternis nur wenig erhellen, Gott sei Dank. Und draußen vor dem Fenster stand bis heute Morgen der Birnbaum, der alles, was an Licht etwa durch mein Fenster dringen hätte können, abschirmte. Ich kann es immer noch nicht glauben, aber heute habe ich diesen Baum, der wie ein alter Freund Jahr und Tag vor meinem Fenster stand, kühlend im Sommer, abschirmend im Wintersturm, vor allem aber verdunkelnd, heute habe ich ihn umgeschnitten! Nicht freiwillig natürlich. Wer kann sich einem Befehl unseres hochwohlgeborenen Prinzen widersetzen? Am allerwenigsten ich, der ich immer ein Verfechter rechtschaffenen und anständigen Lebens gewesen bin. Ein Verfechter? In diesem Wort schwingt etwas von Kampf und Siegeswillen. Nein, das bin nicht ich. Ich bin kein Verfechter, nur ein Vertreter. Ich habe immer versucht, in meiner kleinen Sphäre Anstand und Wohlverhalten zu vertreten. Was hat es mir genützt? Mit jedem Jahr, mit jedem misslungenen Versuch, in meinem eigenen Haus das durchzusetzen, was mir so selbstverständlich ist wie Atmen und Denken, habe ich mich mehr in diese Kammer zurückgezogen, zwischen die Bücher, mit denen ich besser kommunizieren kann als mit den Menschen, von denen man meinen sollte, sie stünden mir näher als alles andere.

Jetzt sind sie wieder tanzen, den dritten Abend schon. Tanzen! Was haben wir getanzt damals! Nicht nur bei unserer Hochzeit. Auch später noch, solange du lebtest. Wir waren ja so verliebt! In der ganzen Nachbarschaft hat man uns beneidet um unser Glück. Ich war so stolz auf dich! Kein Tag verging, ohne dass wir uns gegenseitig ewige Liebe geschworen hätten, keine Stunde, in der wir uns nicht küssten, keine Nacht konnten wir schlafen, ohne einander in den Armen zu halten, sodass beim Aufwachen der erste Atemzug, den wir schöpften, tief aus dem jeweils Anderen zu kommen schien. Unser Kind, unser armes Mädchen, war ein Erzeugnis unserer tiefen Zuneigung und machte uns erst so richtig vollkommen. Unsere kleine Veronika! Als sie geboren war, hatte ich keinen Augenblick lang das Gefühl, dass sie mir einen Teil deiner Liebe streitig machte. Es war, als hättest du so viel Liebe zu vergeben, dass wir ein Dutzend Kinder hätten haben können, und wären dabei doch immer noch das jugendfrische Liebespaar geblieben, als das wir uns empfanden und als das uns alle Welt immer beschrieb. Und Veronika war ein so springlebendiges Kind, alle Hände hatten wir voll damit zu tun, die ärgsten Unglücksfälle von ihr fernzuhalten und sie aus allen Gefahren zu erretten, in die sie selbst sich hineinmanövriert hatte. Dabei war sie aber immer sehr leise, ein stilles Kind, wie die Nachbarn und Verwandten sagten, und es dauerte ziemlich lange, bis wir bemerkten, dass unser allzeit gut gelauntes Mädchen ein bisschen seltsam im Kopf war, langsam im Verstehen und manchmal im Geist ganz weit weg, an Orten, zu denen ihr niemand zu folgen vermochte. Immer wieder versuchten wir, in ihre kleine Welt einzudringen, aber wir schafften es nicht. Unsere ohnmächtigen Versuche prallten ab an einer unendlich zarten Wand aus Frohsinn und Lieblichkeit, bis wir uns geschlagen gaben und Veronika

einfach so nahmen, wie sie war. Doch unser Glück war unge-
trübt.

Bis du so krank wurdest.

Über den Friedhof zogen rasche Wolkenschatten an jenem Tag,
es fröstelte die Menschen, die zu deinem Begräbnis gekommen
waren. Die Gäste verabschiedeten sich rasch und eilten heim,
nur Veronika und ich blieben noch an deinem frischen Grab.
Ich konnte in den gelben Kronen der Birken deine Stimme
vertraute Lieder singen hören. Veronika wischte mir die Tränen
aus dem Gesicht, sie lächelte dabei, weil du ihr gesagt hattest,
dass du vom Himmel auf sie herabblicken und immer um sie
sein würdest. Als ich am nächsten Morgen erwachte, atmete ich
nur kalte, leblose Luft ein, und mir war klar, dass ich, bis auf
einen armseligen vertrockneten Rest, mit dir im Grabe liege.
Eigentlich gibt es mich nicht mehr.

Bitte verzeihe mir, meine Geliebte, aber ich glaubte, es wäre das
Beste für unser Kind, wenn wieder eine Frau im Haus wäre. Ich
weiß, es ist alles sehr schnell gegangen, schon im folgenden Mai
war ich wieder verheiratet. Aber es war nur dieses winzige
Überbleibsel von mir, das heiratete, nicht mein Herz. Ja, sie ist
schön. Manche Leute sagen, sie sei schöner als du, aber die
haben dich nie geliebt. Sie hat auch zwei sehr hübsche Töchter
in mein Haus mitgebracht. Mein Haus! Es war doch immer
unser Haus. Eigentlich deines, denn wenn ich mir alles
weggedacht hätte, was du mit liebevoller Hand in diesem Haus
hergerichtet und angeschafft hast, was wäre dann geblieben als
ein paar Mauern mit einem Dach darüber und leeren Fenstern?
Sogar in meinem dunklen Hinterzimmer, in dem ich jetzt sitze
und in dem ich all meine Bücher und meine wenigen Hab-
seligkeiten verstaut habe, atmete alles deine Existenz: die
kleinen Porzellanfiguren zwischen Schiller und Vergil, der
kuschelige Bär in der Ecke hinter der Stehlampe, und immer
wieder einmal eine Vase mit frischen Blumen, die du im Garten
geschnitten hattest und die rasch verdurstet wären, wenn du sie

nicht immer wieder mit frischem Wasser versorgt hättest. O ja, es war dein Haus, in das die drei neuen Frauen zogen.

Ihre beiden Töchter sind sicher sehr gescheit. Sie haben irgendeine höhere Mädchenschule absolviert und viel gelernt. Sie können Goethes *Faust* lesen, aber sie verstehen die Tragödie Gretchens nicht. Sie können Mozarts Biografie auswendig, aber sie weinen nicht über sein Requiem. Sie können Renaissance und Barock auseinander halten, aber das Lächeln der Mona Lisa ist ihnen fremd. Ja, sie können viel mit dem Kopf, aber ihre Herzen sind kalt. Kalt wie das ihrer Mutter. Gleich nach ihrem Einzug begann sie, dein Haus dem Erdboden gleichzumachen. Stück für Stück deines Lebens wurde von Wänden und Winkeln verbannt, neue Geräte ersetzten dein gerne benutztes Werkzeug, deine lachenden Farben verschwanden zu Gunsten eleganter Schlichtheit. Man konnte in diesem neuen Haus sehr gut wohnen, aber leben nicht mehr. Wieder beneideten mich die Nachbarn. Sie sprachen von Glück und von der Ungerechtigkeit des Schicksals, da es mir gleich zwei so wunderbare Gattinnen beschert habe, während andere Männer ihr ganzes Leben lang vergeblich auf ein einziges Exemplar von solcher Güte warteten. Und von einem solchen Glück für Veronika sprachen sie, die in so kurzer Zeit einen Ersatz für ihre Mutter und dazu zwei so reizende Schwestern gefunden habe. Nichtsahnende Nachbarn!

Ich muss zugeben, dass ich von Anfang an nicht die Kraft hatte, mich gegen die Veränderungen in meinem Leben aufzulehnen. Ich war noch so im Schmerz über deinen frühen Tod gefangen und hatte gleichzeitig so viele gute Absichten für Veronika, dass ich alles vermied, was zu Unstimmigkeiten oder gar Streit hätte führen können. So etwas hätte in unser Haus nicht gepasst, und es hätte das Gleichgewicht im Kopf meines Mädchens, das ohnehin schon so labil war, gänzlich zerstören können. Mein armes kleines Mädchen! Was musste sie schon an Spott und Schabernack von ihren Stiefschwestern, zum Teil sogar von deren Mutter hinnehmen! Seltsam, dass ich immer noch

„kleines" Mädchen denke. Sie ist eine junge Frau, aber halt immer noch so schutzbedürftig und so hilflos, dabei aber flott, wenn es um Arbeiten geht, die nicht viel Anstrengung im Kopf erfordern. In letzter Zeit haben es sich die beiden Stiefschwestern zur Angewohnheit gemacht, ihr alle unangenehmen Hausarbeiten zu übertragen. Das schmutzigste Gemüse putzen, die Asche aus dem Ofen räumen, das sperrigste Bettzeug bügeln, all das hat unsere arme Veronika zu tun. Zur Belohnung darf sie dafür manchmal irgend ein abgetragenes Kleidungsstück ihrer Stiefschwestern tragen, aber natürlich passen ihr die Sachen nicht wirklich, und so gibt es immer allerhand Gelächter, wenn Veronika in so einem unmöglich aussehenden Gewand zum Einkaufen in den Ort geschickt wird. Und meine Frau - verzeih! - ihre Mutter unterstützt sie dabei noch und lacht sich fast die Seele aus dem Leib.

Ich weiß, ich müsste etwas unternehmen. Ich hätte es längst tun müssen. Was soll ich zu meiner Verteidigung sagen? Anfangs meinte ich, mir das Bravsein meiner Stieftöchter erkaufen zu können. Ich weiß noch, wie es war, als ich zum ersten Mal nach meiner zweiten Heirat in die Stadt fuhr. Ich fragte alle, was sie sich denn wünschten, ich würde es ihnen mitbringen. Natürlich wollte die Eine ein schönes Kleid, die Andere eine Perlenkette. Ich hätte es wissen müssen. Dann fragte ich auch mein Mädchen. Sie zögerte, aber dann hatte sie doch einen Wunsch. Sie wollte ihn mir nur ins Ohr sagen: „Bring mir den ersten Zweig, der deinen Kopf berührt." Was meine Frau sich wünschte, weiß ich nicht mehr. Ich erfüllte natürlich alle Wünsche, auch den Zweig eines Haselstrauches, den ich gestreift hatte, brachte ich mit. Veronika pflanzte ihn an dein Grab, aber das weißt du vielleicht ohnehin. Er hat schön ausgetrieben, und hin und wieder singen Vögel in seinen Zweigen.

So habe ich versucht, die Situation erträglich zu machen, aber genützt hat es nichts. Und so habe ich mich halt immer mehr in mein kleines, düsteres Hinterzimmer zurückgezogen, wo mir der häusliche Zwist genauso wenig bewusst wird und genauso wenig ausmacht wie der Wechsel der Jahreszeiten. Ich verbringe meine Zeit unter meinen Büchern, also mit guten Freunden. Es ist also kein schlimmes Schicksal, und außerdem, wenn ich „ich" sage, so meine ich sowieso nur den kleinen Rest von mir, der nicht mit dir begraben worden ist. Am Leben außerhalb meines Zimmers nehme ich nur mehr wenig Anteil. Allerdings habe ich schon mitbekommen, dass meine Stieftöchter sich neuerdings einen Spaß daraus machen, unsere Veronika mit schmähenden Spitznamen zu versehen, je nachdem, welche Arbeit sie gerade zu verrichten hat: Rübenhobel, Besenresel, Aschenputtel ...

Aber sie scheint damit recht gut fertig zu werden. Ich glaube, ihre geistige Verfassung hilft ihr sehr dabei. Sie flüchtet sich, was immer sie auch tut, in ihre fremde Welt, da wird ihr alles zum Spiel und keiner kann ihr etwas anhaben. Neulich habe ich sie dabei belauscht, wie sie Erbsen oder Linsen aus der Asche klaubte. Ob diese von irgendjemandem absichtlich dorthin geworfen worden waren oder nicht, kann ich nicht sagen. Jedenfalls kauerte Veronika am Boden und ließ sich bei dieser unseligen Arbeit von ein paar Vögelchen helfen, die nur sie sehen konnte. „Die guten ins Töpfchen", sang sie, „die schlechten ins Kröpfchen."

In den letzten Tagen sind die beiden Stiefschwestern völlig aus dem Häuschen. Unser Herr Prinz hat vor, sich zu verloben, und sucht eine Braut. Darum veranstaltet er drei Tage lang Tanzfeste, zu denen alle heiratsfähigen Mädchen des Landes eingeladen sind. Heute ist schon der dritte Abend, und natürlich sind die zwei wieder dort. Hoffentlich bleibt diese Nacht ohne so unerklärliche Folgen wie die beiden ersten. Nach der ersten Veranstaltung, also gestern früh, tauchte der Prinz höchstpersönlich, natürlich mit allerhand Gefolge, vor unserem Haus auf und behauptete, die Frau, die er heiraten wolle, sei beobachtet worden, wie sie auf meinem Grundstück in den Taubenschlag geschlüpft sei. Er befahl mir, den Taubenschlag auf der Stelle niederzureißen, aber natürlich war er leer, und die beiden Stieftöchter, die sich wie zufällig in ihren seidenen Gewändern aufdringlich daneben stellten, erkannte seine Hoheit nicht als die Gesuchte. So zog er enttäuscht wieder ab. Ich vermute, dass irgendjemand meine Veronika in den Taubenschlag hat huschen sehen. Sie schläft manchmal dort drinnen und spricht mit den Vögeln. Als sie die Gesellschaft des Prinzen herankommen sah, wird sie wohl vor lauter Schreck hinten hinaus gesprungen sein und sich irgendwo versteckt haben. Beweglich ist sie ja nach wie vor.

Gestern Abend war dann der zweite Ball, und prompt tauchte heute der Prinz wieder auf. Jemand habe seine Auserwählte in die Krone des Birnbaumes vor meinem Fenster klettern gesehen, und ich solle auf der Stelle Äxte und Sägen holen, um den Baum umzuschneiden. Herrgott, ich habe es wirklich getan. In wenigen Minuten war der geliebte Genosse, der so viele Jahre lang treu und beschützend vor meiner Kammer gestanden war, nieder-gehauen. In seiner Krone saß natürlich keine Jungfrau, und wieder standen die beiden Stieftöchter umsonst daneben. Ich weiß allerdings, dass Veronika manchmal über den Baum auf das Dach klettert, um dort nach den Turteltauben und den jungen Schwalben zu sehen.

Sie geht übrigens oft zu deinem Grab, unsere arme kleine Veronika. Aber sie besteht darauf, allein hinzugehen. Mit mir gehen will sie nicht. Ach, Geliebte, wie sehr würde ich mir wünschen, dass sich der junge Haselstrauch, den sie gepflanzt hat, wie durch Zauberhand rütteln und schütteln würde, und unser Mädchen wäre verwandelt in eine kluge, erwachsene Dame, die sich gegen alle Anfeindungen zur Wehr setzt. Weiß Gott, ich würde sie gerne zum Tanz mit dem Prinzen schicken.

Ob der wohl morgen wieder hier erscheint, um mir zu befehlen, irgendetwas kaputtzumachen? Ich verstehe ja nicht, wieso es dieser mysteriösen Dame immer gelingt, so schnell aus dem Schloss zu entwischen, dass seine Hoheit sie nicht festhalten kann. Wenn ich er wäre, würde ich versuchen, irgend einen Teil ihres Schmuckes oder ihrer Kleidung zu erwischen, mit dessen Hilfe ich sie identifizieren könnte. Dann könnte er kommen mit einem Taschentuch oder einem Schuh, und ich könnte, ohne etwas niederreißen zu müssen, bestätigen, dass ich niemanden kenne, dem das Stück gehört. Meine beiden Stieftöchter würden wieder völlig umsonst daneben stehen, und unsere Veronika mit ihrem schmutzigen Gewand und ihrem lieben, aber dummen Gesicht würde er nicht einmal zur Kenntnis nehmen. Ich glaube übrigens kaum, dass irgendein von einem Prinzen mitgebrachter Schuh diesen Stieftöchtern passen würde, denn sie haben beide hässlich große Füße, da müssten sie sich schon die Zehen oder die Ferse abhacken, um hinein zu passen. Jetzt habe ich mich bei einem Lächeln ertappt. Es bereitet mir eine seltsame Freude, dass die beiden nicht die Gesuchten sind.

Es ist schon ganz dunkel in meiner Stube, obwohl der Birnbaum nicht mehr vor dem Fenster steht. Der Mond zeichnet eine blasse Sichel in den Himmel. Dort drüben, gegen den Zaun zu, bewegt sich etwas. Weißt du, ich sehe im Dunkeln nicht mehr so gut wie früher. Aber ich glaube, es ist Veronika. Sie wird wohl zu deinem Grab gehen. Ein Schwarm Tauben schwirrt auf, das Mädchen winkt ihnen zu. Wahrscheinlich hat sie ihnen auch etwas gesagt, das tut sie meistens. Wenn sie ihnen doch befehlen könnte, den Stiefschwestern mit ihren Schnäbeln die Augen auszuhacken!

Lieber Gott, was denke ich da! Ich möchte doch nur das Beste für alle. Was soll ich nur tun? Ich brauche deinen Rat und deine helfende Hand, Geliebte! Doch du schläfst so tief.

## Brüderchen und Schwesterchen

Endlich Frieden! Der Kampf um das kleine bisschen Atem-luft ist ausgekämpft. Nicht, weil ich jetzt Luft bekomme. Weil ich keine Luft mehr brauche. Endlich Frieden!

Wie klein diese Gestalt - meine Gestalt - in der glühend-heißen Wanne liegt, erschöpft schlafend nach dem ungleichen Kampf. Die Arme und Beine, die Züge des Gesichts noch wie gefangen im Krampf. Ist es mein Krampf? Nur Röte ist noch auf der Haut und die Oberfläche des Wassers ist flach und ruhig und schweigt, nichts mehr von den glühenden Schmerzen, die den Schlund hinunter fahren, von der unerträglichen Pein des armen schwachen Körpers, von den erstickten, erstickenden Schreien und hilflosen Zuckungen und Verwindungen des rettungslos verlorenen Opfers. Wie klein diese Gestalt. Und Frieden. Endlich Frieden!

Und jetzt:

Es will heraus. Seit Stunden spüre ich, wie sehr es heraus will. Sie sorgen alle so gut für mich. Der Hofstaat tritt nur auf Zehenspitzen auf, dem Volk werden Segenswünsche für die Königin und ihr Kind abgenommen, der König selbst, der Vater, mein lieber Mann, lenkt sich auf der Jagd von seiner Hilf-losigkeit ab. Die Jagd! Brüderchen! Erinnerst du dich an die Hörner und Hunde? Gute Gesichter sind um mich, sauberes Leinen und warmes Wasser, heilsam warm. Wie sich Ver-gangenheit, Zukunft und Gegenwart doch treffen! Zwischen den Hörnern der Jagd und der vagen Drohung des heißen Wassers liege ich da. Wieso liege ich immer? Dann ein Schrei, und du wirst stehen, mein Kind!

Und jetzt:

Die Kinder haben nie stehen gelernt. Die Erinnerung an das Gesicht der Mutter ist so klein geworden, zu klein für einen

Bruder und eine Schwester, die eigentlich noch Kinder sind. Guter Bruder - wie heißt du? Ich liege - wieder - und er steht im Dunkel meiner Kammer und weckt mich. Das hat er noch nie getan, außer wenn ich (selten genug) verschlafen habe. Aber auch dann ist es meistens die Stiefmutter, die über mich kommt wie ein Gewitter mit dem Blitz ihrer Schläge aus Leder und mit dem markerschütternden Donner ihrer wüsten Beschimpfungen. Ihr Gesicht ist fast nur Mund, das Erwachen ist ein Blick auf gefletschte Zähne und gleichzeitig der Versuch, den Blick darauf zu vermeiden und den Schlägen auszuweichen. Aus dem Bett gerollt, gerutscht, verheult irgendwelche Entschuldigungen suchend, findend, schreiend. Was können denn wir dafür, dass Mutter tot ist? Aber jetzt ist es sehr dunkel, zu dunkel selbst für die frühe Tagwache der Stiefmutter (die auch einen Namen hat und ich sage ihn nicht, nie, aber sie verlangt, dass wir sie Mutter nennen und ihre hässliche einäugige Tochter Schwester, und das tue ich nur unter ihren Schlägen). Zu dunkel ist es, als dass ich verschlafen haben könnte. Zitternd fahre ich auf, aber der Bruder zischt leise und hält mir mit einer Kraft den Mund zu, die ich an ihm nicht kenne, und unter der ich Angst habe zu ersticken. „Höre mir zu", sagt er, und dass er es nicht mehr aushält. „Seit Mutters Tod haben wir keine gute Stunde mehr. Stiefmutter schlägt uns alle Tage, und wenn wir zu ihr kommen, stößt sie uns mit den Füßen fort." Hast du nicht bemerkt, dass sie uns manchmal mit einer Handbewegung zurückstößt? Spürst du nicht auch manchmal, dass eine Augenbewegung von ihr ausreicht, uns wegzustoßen? Und der Kochtopf, der auf den Herd sprang, ohne dass sie ihn berührte? Aber er sagt: „Die harten Brotkrusten, die übrig bleiben, sind unsere Speise. Dem Hund unter dem Tisch geht es besser, dem wirft sie doch manchmal einen guten Bissen zu." Und der Haferbrei, der sich vor unseren Augen in eine stinkende, übel schmeckende Brühe verwandelte? Und sagst du nichts über die Medizin, die man tropfenweise schlucken musste und die bewirkte, dass man krank wurde, wenn man vorher gesund war, und dass die erste Person, der man die Hand gab, Pusteln und Ausschlag bekam?

Du hast es doch auch erlebt. Du hast doch auch die seltsamen Lieder gehört, die sie bei Mondschein anstimmt und die uns die Haare zu Berge stehen lassen. Sie muss eine Hexe sein. „Ich glaube nicht an Hexen", sagt der Bruder, und seine Hand lässt mich los. Seine Hand war ziemlich kalt. Er kommt mit seinem Mund ganz nahe an mein Ohr. „Wir müssen fort von hier. Du stehst jetzt auf, nimmst ganz weniges, was du brauchst, aber schnell. Es ist günstig heute. Wir haben Neumond."
Zwei Kinder, mutterseelenallein, schleichen in den Wald, fort von zuhause. Nicht wirklich von daheim.

Und jetzt:

Das Leben macht an mir alles gut. An uns beiden, denn das wunderschöne Reh, das einmal mein Bruder war, wird von allen genauso geliebt und verwöhnt wie ich. Wir können aufstehen und uns niederlegen, wann wir wollen, wir bekommen das beste Essen, das man sich nur denken kann, und aller Reichtum dieser Welt scheint uns zur Verfügung zu stehen. Doch was ist das alles gegen die einfache Tatsache, geliebt zu werden? Ich habe ein Volk, das mich liebt, einen Mann, der mich liebt, und in mir wird ein Kind seiner Zärtlichkeit, von dem ich weiß, dass es mich ebenso lieben wird, wie ich meine Mutter wohl einmal geliebt haben muss, damals in der Zeit, an die ich mich nicht mehr erinnern kann. Man müsste diese Liebe und das Glück mit Armen und Beinen umklammern und festhalten können, um es ausspielen zu können, wenn Angst kommt, um es um sich zu haben, wenn der Frost kommt, um es zu liebkosen, wenn einen keiner mehr liebkost. Aber wer denkt schon im Sommer an den Frost, wer glaubt denn, wenn er geliebt wird, dass diese Liebe irgendwann einmal in Gefahr geraten könnte; nur die Angst - die ist schon da. Ich habe Angst, die böse Stiefmutter könnte von unserem übergroßen Glück erfahren und es in irgendeiner Weise in eine stinkende Brühe verwandeln wie damals unser Essen. Sie soll glauben, dass wir tot sind, zerrissen von Wölfen und Bären im Wald oder erschossen von den wilden Jägern, von ihren Hunden zu Ende gehetzt.

Und jetzt:

Die beiden Kinder wissen jetzt, was Hunger und Durst wirklich bedeuten. Sie haben die Nacht im fragwürdigen Schutz eines hohlen Baumstammes zugebracht, und beim Erwachen ist es schwül und heiß. Brüderchen ist unzufrieden und das macht ihn tatendurstig. Er nimmt mich bei der Hand und führt mich, eine Quelle zu suchen. Dort murmelt und plätschert etwas, und wir laufen darauf zu. Doch wie der Bruder sich gierig auf das Wasser stürzen will, fahre ich wie unter einem gewaltigen Zwang da-zwischen. Ich habe einen schrecklichen Augenblick lang gesehen, wie statt meines Bruders ein Tiger dort an der Wasserstelle hockte, den Blick noch halb vertraut, aber schon grausam werdend über den gelblichen Zähnen, als er sich nach mir umdreht. „Ich bitte dich, Brüderchen, trink nicht, sonst wirst du ein wildes Tier und zerreißest mich!" Er lächelt ein bisschen über meine Hexenangst, aber mir zuliebe gehorcht er und wir gehen eine andere Quelle suchen. Ob uns die Stiefmutter nachschleicht? Oder voraus? Oder ob sie uns sieht, wenn sie in ihrem Zimmer in den Spiegel blickt und ihm zunickt in alter Vertrautheit, worauf er ihr die Bilder zeigt, die sie sehen will, uns zwei, auf eine Quelle zulaufend, die sie inzwischen mit unverständlich gemurmelten Formeln verwünscht? Denn auch am nächsten Wasser habe ich diese grauenvollen Ahnungen. Als ob die Quelle in ihrem Rauschen gesungen hätte: „Wer aus mir trinkt, der wird ein Wolf!" Einmal lässt sich das Brüderchen noch vertrösten, und wir suchen weiter. Vielleicht ist es die einäugige Tochter. Ihre Mutter wird wohl das andere Auge herausgenommen haben, und jetzt blickt sie auf magische Weise hindurch und kann uns meilenweit sehen, durch alle Dickichte hindurch und über alle Hügel. An der dritten Quelle bin ich zu langsam, der Bruder hat schon getrunken. Schon am Wasser geleckt hat es, das Reh.

Und jetzt:

Jetzt kommt wieder Angst in mein Leben, aber keine unerklärbare Furcht vor Zauber und Hexenkunst, wie ich sie meinem Bruder nie hatte klarmachen können. Jetzt hat die Angst einen Namen: die Jagd. Hundegebell und Hörnerschall unweit der kleinen Waldhütte, in der wir jetzt schon seit Jahren leben, tragen sie in mich hinein, diese Angst. Es ist nicht Scheu vor Sprüchen und Drohungen, es ist die knochentiefe Angst vor Blut und Tod. Mein Rehbruder war einfach nicht zu halten. Den dritten Tag ist er jetzt schon draußen. Ich habe natürlich versucht, ihn aufzuhalten, binden wollte ich ihn und an mich fesseln, aber mit der wortlosen Sprache, die er spricht und die ich so gut verstehe, erzählte er mir von der in ihm wohnenden menschlichen, männlichen Sehnsucht nach der Freiheit der Hunde und Hörner, der Flinten und Pferde. Mit seinem Geweih lief er gegen Türe und Wand, mit seinen Hufen schlug er gegen den Riegel, den ich vorgeschoben hatte, bis ich ihn weinend und mutlos doch ziehen ließ und ihn bat, wenigstens am Abend zurückzukommen und die Nacht bei mir zu verbringen. Und er sprang fort, mein goldseidenes Strumpfband um den Hals, und verschwand im dichten Unterholz. Den ganzen Tag klang das Geheul der Hunde in meinen Ohren wie ein neuer Fluch unserer Stiefmutter, das Knattern der Büchsen war wie ihre ledernen Peitschenhiebe. Aber abends kam er wirklich zurück, und gestern wiederholte sich das Spiel. Heute ist er bereits den dritten Tag dort draußen und ich meine, sie müssen ihn einfach entdeckt haben und er muss ihnen aufgefallen sein mit seinem goldenen Halsband und seinem wunderschönen Geweih. Wenn er ein Mensch geblieben wäre, so hätte ich wohl einen sehr stattlichen und mutigen Bruder. Gestern war er leicht verletzt, knapp oberhalb des Fußes, aber er wird sich vielleicht nur an einem Dornenbusch aufgerissen haben. Ich wusch die kleine Wunde, aber so klein sie war, sie verdoppelte meine Angst um den Bruder. Wann er wohl endlich heimkommt? Der Abend beginnt schon zu sinken. Da - es klopft, auf diese bescheidene, liebevolle Art, die ich jetzt schon kenne. So klingt das zarte

Reiben des Geweihs an der Türe, ich meine ihn schon vor mir zu sehen, während ich den Riegel zurückschiebe. Gleich werde ich ihn an mich drücken und ihm zum vierten Mal, ohne Hoffnung allerdings, das Versprechen abzuringen versuchen, nicht mehr hinauszugehen, solange die wilde Jagd im Wald ist. Ich öffne die Türe, und vor mir steht, im grünen Gewand, mit dem goldenen Diadem am Kopf, der König. In der Hand hält er seine Waffe, und sein Pferd führt er am Zügel. „Hier also", spricht er, „wohnt das bezaubernde Reh, von dem mir meine Jäger berichtet haben." Und er erzählt, dass er Auftrag gegeben hat, das Tier unversehrt einzufangen. Alles geht dann so schnell. Mich will er heiraten, ja natürlich kann das Reh bei mir bleiben und am Königshof leben, und es soll uns beiden an nichts fehlen. So schnell geht alles. Schon bin ich auf seinem Pferd, auf seinem Schloss, in seinem Bett. Das Leben macht an mir alles gut.

Und jetzt:

Die Geburt hat mich sehr schwach gemacht. Ich freue mich darauf, wenn mein Mann von der Jagd heimkehrt und ich ihm unser Kind zeigen kann. Immer noch habe ich immer wieder Angst, wenn er nicht bei mir ist, und ich gehe dann sehr oft in den Park, in dem das Brüderchen lebt, um nachzusehen, ob es ihm auch gut geht. Angst wovor? Vor dem Spiegel und einem Auge, vor Neid und Verfluchung, vor Geräuschen und manchmal, nur manchmal noch, vor dem Erwachen. Wieder einmal liege ich da, schwach von der anstrengenden Geburt. Ich weiß den Rehbruder unter seinesgleichen glücklich (oder doch nicht?) im Park und den König auf dem Heimweg, denn der Abend ist nicht mehr fern. Die Kammerfrau kommt leise herein, eine Begleiterin huscht hinter ihr in mein Zimmer, die Türe rutscht ihr wohl beim Schließen aus der Hand, denn sie fällt mit lautem Krach ins Schloss. Ich fahre wie unter einem Geißelhieb zusammen. Die Kammerfrau versucht mich zu beruhigen. „Kommt", sagt sie, „das Bad ist fertig!" Ich drehe mich zu ihr um und werde in meiner Schwäche wirklich ruhiger. Ihr

Gesicht ist fast nur Mund, denn die Augen verschwinden unter dem Schatten der Haube, die sie tief in das Gesicht gezogen hat. „Das Bad wird euch wohltun und frische Kräfte geben. Geschwind, eh es kalt wird!" Lächelnd fletscht sie die Zähne, während sie mir unter die Arme greift. Von ihrer Begleiterin, die nach meinen Beinen greift, kann ich im Dunkel des Zimmers nur eine Hälfte des Gesichtes sehen. Ein Auge starrt mich an und zwinkert, als sie mich hochhebt. Nein, ich habe keine Angst, ich darf keine Angst haben. Komm heim, mein Geliebter, damit ich keine Angst zu haben brauche! Aber sie tragen mich fürsorglich und mit kräftigen Schritten in das Bad. Nein, keine Angst. Sie kann mich nicht finden. Jeder Neid und Fluch muss doch einmal ein Ende haben. Rehbruder, ab jetzt will ich auch mutig sein! Ich bin nackt, und die beiden Frauen legen mich in die Wanne. Es ist heiß in der Badstube, und das Wasser - o Gott, das Wasser! Nicht, nein, nicht das Wasser!! Bitte nicht das Wasser! Wer mich trinkt, der wird ein Wolf. Ein Wolf in mir, er glüht - Flammen in meinem Schlund - die Frau dreht sich um und grinst der älteren augenlos zu.
0 Gott, das Wasser - heiß - ich brenne - Luft, und - aaaaaah!

Und jetzt:

Endlich Frieden! Der Kampf um das kleine bisschen Atemluft ist ausgekämpft. Komm heim, Geliebter, und lehre unser Kind stehen ohne Furcht. Ich werde immer da sein, Kind. Mein werden deine Nächte sein. Und mit dem Feuer unter meiner Wanne hat sich die Hexe schon das Feuer entzündet, in dem sie selbst verbrennen wird. Mein Bruder - ein Mensch? Warum nicht? Auch ich bin nicht ich, diese kleine Gestalt, erschöpft schlafend und ruhig, weil sie keine Luft mehr braucht. Ich sehe nur mehr kleine Gestalten, und sie werden noch kleiner werden. Alle. Also habe Hoffnung!

# Das tapfere Schneiderlein

Sehr geehrte Herren Grimm!

Mit großem Zögern verfasse ich diesen Brief an Sie, denn seit mir zu Ohren gekommen ist, dass Sie sich mit einer Sammlung von Märchenerzählungen beschäftigen, zermartere ich mir meinen Kopf, ob es wohl angehe, Ihnen eine Geschichte ans Herz zu legen, die in ihrer Anlage und ihren Details so märchenhaft ist, wie Sie wohl je eine zu finden imstande waren.

Nach langem Überlegen habe ich mich dazu durch-gerungen, Ihnen meine Geschichte vorzutragen - das heißt, eigentlich ist es ja nicht meine Geschichte, sondern die meines jungen Herrn, des neuen Königs, worin Sie bereits den ersten märchenhaften Zug erblicken möchten (junger Bursche erarbeitet sich mit List und Geschick eine Königstochter samt halbem Königreich); ich selbst spiele in der Geschichte überhaupt keine Rolle, abgesehen vielleicht von der Tatsache, dass der junge Herr ohne mein Zutun jetzt wohl schon als armer Wanderer in Amerika oder sonstwo in der weiten Welt umherirren würde. Doch eines nach dem anderen!

Der Held der Erzählung, mit welcher ich Sie inkommodieren möchte, kam als unbekannter Einwanderer in unser Land und fiel zunächst als Schlafender auf, der im Gras des königlichen Palastes lag, wo er von den Wachen gefunden wurde. Sie hätten ihn wohl sogleich außer Reichweite der Residenz verfrachtet, hätte der Unbekannte nicht einen Gürtel getragen, in die Worte "Siebene auf einen Streich" eingearbeitet waren, und dieses in formvollendeter Lederarbeit, welche einen, sobald man die wahre Herkunft des Mannes erfährt, keineswegs wundernimmt. Doch davon später!

Infolge der stolzen Inschrift vermutete man sofort, es handle sich um einen erfolgreichen Kriegsherrn, der dem König, sollte ein Krieg ausbrechen, wertvolle Dienste würde leisten können.

So bewachte man den Schlafenden, während ein Bote zum König lief, um ihm von dem ungewöhnlichen Fund zu berichten. Tatsächlich zeigte sich der hohe Herr interessiert, und mit großer Vorfreude erwartete man das Erwachen des vermeintlichen Helden.

Ich bin jetzt an dem Punkt angelangt, an dem ich mich frage (wiewohl diese Frage nicht mit der eigentlichen Erzählung zu tun hat und daher auch Ihre Befassung mit selbiger in keiner Weise beeinflussen soll) - mich also frage, ob ich den jungen Mann ob seiner Schlauheit und seines Einfallsreichtums bewundern soll oder ihn verachten wegen der Lügenmärchen, mit welchen er uns alle, unseren König eingeschlossen, an der Nase herumgeführt hat. (Womit nicht gesagt sein soll, dass Märchen generell erlogene Geschichten sind, das sei nur hinzugefügt, denn ich will Ihre Arbeit mit dem volkstümlichen Erzählgut nicht durch despektierliche Ausdrucksweise herabsetzen!)

Ich bin mir also, wie gesagt, nicht ganz im Klaren darüber, welche Haltung ich dem nunmehr eingesetzten König gegenüber einnehmen soll. Aber bei ruhiger Betrachtung und in Abwägung aller positiven und negativen Argumente komme ich doch zu dem Schluss, dass die Sympathie für den schlauen Kerl überwiegt. Und diese Schlauheit ist es auch, die mir die ganze Geschichte einer Märchensammlung würdig erscheinen lässt, denn gerade in den Märchen ist überaus oft von schlauen Menschen die Rede, die mit Hilfe dieser Eigenheit gegen überlegene Körperkraft und gegen bösartige Hinterlist die Oberhand behielten. Sie sehen also, wie sich in der Erzählung, die ich Ihnen vortrage, die Märchenelemente häufen: Schlauheit, die damit errungene Prinzessin, und schließlich werden Sie auch noch Fabelwesen begegnen, namentlich etlichen Riesen sowie einem Einhorn.

Doch nun zurück zum Erwachen des unbekannten Männleins in unserer Residenz. (Ich wähle diesen Ausdruck, um Ihnen anzuzeigen, dass es sich bei ihm keineswegs um eine stattliche

Erscheinung handelte, sondern um eine vergleichsweise magere und fadenscheinige Figur, welche, hätte sie nicht besagte Inschrift um den kaum vorhandenen Bauch getragen, keinerlei Anlass zu der Vermutung geboten hätte, sie sei heldisch und kriegstüchtig.)

Als der Mann erwachte und vernahm, wie man über ihn dachte, da tat er seinerseits nichts dazu, unsere irrigen Gedankengänge zurechtzurücken; im Gegenteil, er begann Begebenheiten aus seinem Vorleben zu erzählen, die in ihrem Ablauf so unglaublich waren, dass sie unsere etwas naiv denkenden Landsleute inklusive König und Prinzessin beeindruckten. Ich persönlich habe das Glück, Teile der Wahrheit zu kennen, von einer Quelle, die ich im Laufe des Briefes noch in angemessener Form und unter Wahrung jeglicher Diskretion enthüllen werde.

Der Mann berichtete, er sei, angetan mit dem Gürtel mit jener Inschrift, aus seiner Heimat ausgezogen, um seinen Ruhm der ganzen Welt kundzutun. Bald sei er einem Riesen begegnet, der, um dem Menschlein Angst einzujagen, zunächst einen Stein so lange quetschte, bis aus diesem Wassertropfen zu springen begannen. Unser Held, der zufällig bei seinem Aufbruch ein Stück Käse eingesteckt hatte, nahm nun diesen in die Hand, drückte nur leicht, und alsbald zerrann ihm das milchige Produkt zwischen den Fingern, sehr zum Erstaunen des Riesen, der die Überlegenheit des Mannes auf diesem Gebiet zur Kenntnis nehmen musste. (Es handelte sich anscheinend bei dem Käse um eine jener weichen Sorten, die von den ärmeren Menschen gerne auf das letzte Scherzel Brotes gestrichen wird, um es ein wenig geschmeidiger zu machen, auf dass es leichter durch den Schlund rutsche.)

Der Riese aber, so die Erzählung, gab sich noch nicht geschlagen. Wieder nahm er einen Stein auf und warf ihn so hoch, dass er zwischen den Wolken verschwand und erst nach langer Zeit wieder zu Boden fiel. Nun hatte unser Held, als er aus seiner Heimat ging, einen Vogel, ich weiß nicht zu welchem Zweck, eingesteckt, sei es dass er ihn zu gegebener Zeit verspeisen wollte, sei es um einen Weggefährten zu haben, der ihm die Zeit vertrieb; jedenfalls kündigte er dem Riesen an, er werde einen Stein werfen, der überhaupt nicht mehr wiederkehren sollte. Sie werden sich den Rest der Begebenheit wohl denken können, und der Riese - wohl ein ziemlich einfältiges Exemplar - staunte noch mehr als zuvor. (So nebenbei: Der kleine Mann hatte nun zwar einen Riesen zum Erstaunen gebracht, aber gleichzeitig seine ganze Wegzehrung verbraucht, was entweder für seine unbändige Zuversicht oder für intellektuelle Kurzsichtigkeit spricht. Für den Vogel wenigstens freue ich mich, denn der hatte seine Freiheit wieder und nistet derzeit vielleicht in irgendeinem heimeligen Gebüsch, falls ihn nicht wieder ein einsamer Wanderer eingesteckt und mitgenommen hat.)

Nach dem sogenannten Steinwurf protzte der Riese noch mit seiner gewaltigen Tragekraft. Es lag dort anscheinend ein entwurzelter Baum, den wollte der Riese mit unseres Mannes Hilfe in seine Höhle schleppen. Auf Vorschlag unseres Helden teilte man sich die Last: Während der Riese mit der Stammseite vorangehen sollte, wollte er selbst die schwere Krone hinterdrein tragen. Nachdem nun der Riese den gewichtigen Stamm auf seine Schulter geladen hatte, da sei, so erzählte der eben Erwachte, er selbst auf einen Ast geklettert und habe sich von dem Riesen gemütlich dahintragen lassen, bis dieser nicht mehr konnte und den Baum absetzte. Da sei er von dem Ast gesprungen und habe sich gestellt, als hielte er die Krone noch in seinen Armen. Zur Erschöpfung habe der Riese nun auch noch den Spott des kleinen Menschen gehabt. Um wieder zu Kräften zu kommen, habe der Riese ein paar hohe Äste eines Kirschbaumes mit Früchten herabgebogen, als er die Äste aber unserem Erzähler zu halten gab, sei dieser natürlich durch die Wucht der zurückschnellenden Baumkrone hochgeschleudert worden, habe dies aber als einen gelungenen Sprung über den Baum erklärt und den Riesen aufgefordert, es ihm nachzutun, was dieser selbstverständlich nicht schaffte und also wiederum der Blamierte war.

Dann kamen der Riese und der kleine Mann zu der Höhle, in welcher die Verwandtschaft des Giganten lebte. Man speiste ganze Schafe und ging zu Bett, wobei das Lager, welches dem Kleinen zugewiesen wurde, erwartungsgemäß viel zu groß für ihn war, weshalb er sich lieber in einer kuscheligen Ecke der Höhle zusammenrollte. In der Nacht, als alle dachten, er schliefe, schlug der in seinem Selbstbewusstsein schwer getroffene Riese mit einer Eisenstange wuchtig auf das Bett ein, in dem er seinen Widersacher vermutete, und ging dann, in der Meinung, jenen für immer erledigt zu haben, schlafen. Am nächsten Morgen verließen die Riesen die Höhle, ohne weiter Nachschau zu halten, vielleicht hatten sie den Menschen auch schon vergessen, jedenfalls trat unser Mann lebend aus der Höhle und erschien den Riesen in aller Fröhlichkeit, woraufhin diese erschraken und in der Befürchtung, die Worte „Siebene auf einen Streich" möchten sich auch auf Riesen beziehen, das Weite suchten.

Mit solchen Lügengeschichten unterhielt unser Mann die Leute, die bei seinem Erwachen zugegen waren, und nährte somit die Ansicht, es handle sich bei ihm um einen ganz ausgefuchsten Kriegshelden. Die Wahrheit ist natürlich eine völlig andere, das werde ich noch darzulegen wissen, aber erscheint Ihnen, meine Herren Grimm, nicht auch schon allein das, was der Mann über sein Vorleben daherschwadronierte, wert, Eingang in Ihr literarisches Werk zu finden?

Und ebenso märchenhaft ging es weiter. Denn nachdem der König den Mann in seine Dienste genommen hatte, begannen seine übrigen Kriegsknechte untereinander zu reden, man werde wohl beim geringsten Streitfall selbst von dem Neuen erschlagen werden, jeweils sieben auf einen Streich. Einer nach dem anderen reichte seinen Abschied ein. Da wurde dem König bange; er erkannte, dass, sofern er nicht den neuen Krieger wieder loswerde, er bald ohne Heer dastehen möchte. Da er dies in den unsicheren Zeiten nicht für opportun hielt, sann er auf eine Möglichkeit, sich den ungeliebten Dienstnehmer vom Halse zu schaffen. (Wieder ein Märchenzug, meine Herren: Der heldenhafte Diener muss von seinem Herrn Aufträge entgegennehmen, deren Erfüllung unmöglich erscheint.)

Die erste Aufgabe, die unser König ihm übertrug, war diese: In einem nahen Wald hausten zwei mordlustige Riesen, diese sollte der mutige Krieger zur Strecke bringen. Als Lohn winkte die Prinzessin und das halbe Königreich. In Begleitung einiger Bewaffneter machte sich der Mann auf den Weg. An jenem Wald angekommen, hieß er seine Begleiter warten und verschwand alleine unter den dichten Bäumen. Ich gebe zu, dass ich nicht weiß, wie er es anstellte; als er aber nach vergleichsweise kurzer Zeit wieder hervortrat und seine Begleiter in den Wald rief, sahen jene die beiden Riesen erschlagen in ihrem Blut am Boden liegen. (Natürlich habe ich Vermutungen angestellt. Mein erster Gedanke war, die beiden könnten Bekannte jener früher erwähnten Riesen in besagter Höhle sein, und als sie den Mann erblickten, von dem sie so Fürchterliches gehört hatten, brachten sie sich selber um. Doch diese Idee verwarf ich wieder, denn da ich die Erzählung des Mannes samt und sonders für erlogen halte, können jene nicht existierenden Riesen auch keine Bekannten haben. Dann vermutete ich, die Riesen seien mit Steinen ohnmächtig geworfen worden, wie es ja auch in der alten Geschichte von David und Goliath berichtet wird. Jedoch fand man keine Steine in ihrer Nähe, die groß genug gewesen wären, einen solchen Effekt herbeizuführen. Schließlich fand ich mich damit ab, die Lösung des Rätsels nicht finden zu können, was aber für Sie, meine Herren Grimm, keine Rolle spielt, denn Sie als Märchenerzähler sind es ja gewohnt, Begebnisse zu referieren, die unerklärt bleiben und tatsächlich auch keiner Erklärung bedürfen. Denn Märchen schreiben und Märchen lesen heißt, sich auf das Unglaubliche einzulassen und eine Welt zu betreten, in der wie in unserer geliebt und gehasst, gefürchtet und gehofft wird, in der aber immer noch Raum ist für das Traum- und das Albtraumhafte, für sprechende Tiere ebenso wie für Gold spinnende Jungfrauen, für Totgehexte und Wiederauferstandene, eine Welt auch, in der, anders als in unserer Wirklichkeit, der Gute schließlich den Sieg davonträgt und der Böse die Strafe erleidet, die wir als Leser ihm an den Hals wünschen.)

Als unser König sah, dass er den Mann so leicht nicht loswerden konnte, befahl er ihm, ein Einhorn, welches unsere Fluren verwüstete, unschädlich zu machen. Die Erfüllung dieser Aufgabe, sowie auch der Dritten, ist leichter erklärbar: Der Mann lockte das Fabeltier an (welches wirklich existierte, ich schwöre es, meine Herren, es lebte dann noch einige Zeit vielbestaunt in der königlichen Menagerie), dann sprang er leichtfüßig hinter einen Baum, in den sich das Tier verrannte, wodurch es, stecken geblieben, leicht einzufangen war. Die dritte Aufgabe schließlich bestand darin, wie weiland Herkules (der also auch nur ein griechischer Märchenheld war) ein marodierendes Wildschwein zu erwischen. Auch dieses dumme, angriffslustige Tier lockte er hinter sich her, rasch lief er in eine im Wald errichtete Kapelle, das Schwein hinterdrein, dann schlüpfte er durch ein schmales Fenster (er ist ja schmächtig) wieder ins Freie, was dem mächtigen Untier nicht gelang, und nachdem er die Türe der Kapelle von außen ins Schloss geworfen hatte, war die Sau gefangen, die Prinzessin erobert und die Hälfte des Königreiches errungen.

Kurze Zeit später ereignete es sich, dass die jungvermählte Königin, als sie sich schlaflos im Bett umdrehte, ihren Gemahl im Schlaf sprechen hörte. Sie meinte so etwas zu vernehmen wie: „Junge, miss mir die kalbsledernen Stiefel gut an, oder ich will dir mit dem Pfriem eine übers Leder ziehen!" Die Wahl dieser Worte, über die der Schlafende ja keinerlei Kontrolle gehabt hatte, schien der feinen Dame auf eine Herkunft aus dem niederen Schustergewerbe hinzudeuten und sie gelangte zu der Überzeugung, unter ihrem Stande verheiratet worden zu sein.

Nun habe ich also den Punkt erreicht, an welchem ich mit meiner Wahrheit ans Tageslicht muss. Denn die junge Königin konnte nicht ahnen, wie recht sie mit ihrer Vermutung bezüglich des ihr kaum bekannten Ehegatten hatte! Was wusste sie schon über seine Herkunft, seine Familie, seinen erlernten Beruf? Nichts!

In der Tat - und meine Quelle hiefür ist sogleich preiszugeben - war der Mann ein einfacher Schuster, der in seiner Heimatstadt für geringen Lohn in einer luftigen Werkstätte die Schuhe und Stiefel reicherer Leute anmaß, über den Leisten zog, zurechtklopfte, doppelte und nähte. Darum der geübte Umgang mit Leder, darum die exquisit gefertigte Inschrift in seinem Gürtel; es fügt sich alles ins Bild. Die es mir erzählt hat, ist eine hier nicht namentlich genannt sein sollende Bäuerin, welche sich seit Jahr und Tag mit süßem Obstmus ein schönes Zusatzeinkommen zu schaffen weiß. Und als sie eines Tages, so sagt sie, an der Werkstätte jenes Burschen vorbeikam, da rief er sie zu sich und kaufte ihr eine zu ihrem Unmut sehr geringe Menge des frischen Muses ab, um damit sein Brot zu versüßen. Als sie, aus welchem Grund auch immer, wenige Minuten später wieder an der Schusterwerkstatt entlangging, sah sie in dem Gewölbe ganz deutlich das musbestrichene Brot neben dem Handwerker liegen. Eine Unzahl Fliegen, so erzählt sie, sei ihr ebenfalls aufgefallen, welche, angelockt vom unwiderstehlichen Aroma des Muses (ein Umstand, der die Bauersfrau sichtlich mit Stolz erfüllte), sich scharenweise auf das appetitliche Brot stürzten. In diesem Augenblick habe der Bursche einen Lappen genommen und voll Zorn auf das Ungeziefer eingeschlagen. Sie habe beobachtet, wie er die Leichen der Insekten auf dem verwendeten Tuch zählte, dann habe sie ihn ausdrücklich rufen gehört: „Siebene auf einen Streich! Bin ich nicht ein Kerl! Das soll die ganze Welt wissen!" Worauf er einen daneben hängenden Gürtel, sie aber die Flucht ergriffen habe, um nicht von ihm entdeckt und des absichtlichen Lauschens bezichtigt zu werden. Und just dieser Schusterbub, das schwor sie mir unter Verwendung genau dieses Wortes, sei unser neuer König, jeder Zweifel ausgeschlossen.

Die junge Königin, die sich also unstandesgemäß verheiratet fühlte, beschwerte sich bei ihrem Vater, worauf dieser ihr den Rat gab, in der nächsten Nacht die Türe offen stehen zu lassen, damit die Wachen den Schlummernden ergreifen, binden und auf ein Schiff verfrachten konnten, das ihn in die weite Welt tragen würde. Ohne mich in den Mittelpunkt spielen zu wollen, muss ich nun wohl der Vollständigkeit halber erwähnen, dass ich des Königs Kammerdiener bin und ihn mittlerweile mit all seinen Schwindeleien und in Kenntnis seiner wahren Herkunft liebgewonnen habe. Also ging ich daran, den Plan seiner Verschleppung zu vereiteln. Ich erzählte ihm, was zu befürchten stand, wohl wissend, dass seiner reichen Phantasie schon wieder etwas einfallen würde, womit er seinen Kopf aus der Schlinge respektive seinen gesamten Körper quasi von Bord des Schiffes ziehen konnte.

Als es dunkel wurde und er mit seiner Gemahlin zu Bett gegangen war, stellte er sich nur schlafend. Die Königin öffnete leise die Türe, und in diesem Augenblick rief ihr Gatte mit heller Stimme: „Junge, miss mir die kalbsledernen Stiefel gut an, oder ich will dir mit dem Pfriem eine übers Leder ziehen! Ich habe siebene mit einem Streich getroffen, zwei Riesen getötet, ein Einhorn fortgeführt und ein Wildschwein gefangen und sollte mich vor denen fürchten, die draußen vor der Kammer stehen?"

Dass der Plan der Entführung dann nicht zu Ausführung gelangte und mein Herr immer noch König ist, braucht wohl nur am Rande vermerkt zu werden.

Meine sehr geehrten Herren Grimm! Sollte Ihnen diese Erzählung als zu Ihrer Sammlung passend erscheinen, dann sollte es mich sehr freuen, Ihnen dienlich gewesen zu sein. Ich überantworte es Ihrem Geschick, jene Teile meines Berichtes, die unter die Bezeichnung Märchen zu fallen scheinen, auszuwählen, sowie meine eigene Rolle tunlichst herunterzuspielen. Mir schiene es sogar ratsam, meinen Beruf zu verschweigen. Machen Sie einen Waffenträger daraus, denn mir liegt sehr daran, meine eigene Identität zu verschleiern. Es möchte wohl jemand Ihr Buch in die Hände bekommen, der mich oder meine Verwandtschaft kennt, und jegliche Form von öffentlicher, erst recht literarischer Bekanntheit läuft meinem Wesen gänzlich zuwider.

Herzlichst,

Anonymus.

P.S.: Eben fällt mir ein, dass es vielleicht auch nicht günstig wäre, durch eine Veröffentlichung obiger Erzählung den Berufsstand der Schuster generell in ein schlechtes Licht zu rücken. Auch möchte die Erwähnung dieses Berufsstandes etwaige Rückschlüsse auf die Identität des jetzigen Königs und vormaligen Schusters zulassen.

Mein Vorschlag: Machen Sie einen Schneider daraus!

# Das Meerhäschen

Ich bin achtunddreißig Jahre alt und Königin in diesem Reich. Meine Eltern sind früh aus dieser Welt gegangen und haben mir die Obhut über Mensch, Tier und Gesetz überlassen. Die Obhut über Mensch und Tier habe ich übernommen und nicht schlecht verwaltet. Das Gesetz aber kann ich nicht verwalten. Ich bin das Gesetz. Das beweisen auch die neunundneunzig Stangen draußen auf dem Vorplatz meines Palastes, und auf ihnen die neunundneunzig Köpfe. Augen ohne Blick, ohne Stolz und ohne Angst. Wo noch Augen sind.

Ich kann Gesetz sein, weil ich über das Wissen der Welt verfüge. Sämtliche Bücher, die unsere Bibliotheken bergen, habe ich gelesen. Ich kann die Geschichte der Gesetzgebung herleiten aus den uralten Überlieferungen Ägyptens und Griechenlands. Die Hierarchien Mesopotamiens und Südamerikas habe ich studiert. Ich habe mir die Pläne aller Schlachten zu eigen gemacht, die je gekämpft wurden zwischen dem Eismeer und der Mündung des Euphrat. Ich kann die Schlüsse und Konklusionen sämtlicher Philosophen nachvollziehen, und die neuesten Erkenntnisse der Theologie stehen mir auf Grund meiner Studien zur Verfügung. Ich kann Gott ebenso gut beweisen wie widerlegen, ich spreche und schreibe dreizehn Sprachen, die Gesetze der Physik von den Pendelbewegungen bis zur Spaltung der Atome sind mir bekannt, ich beherrsche die chemischen Formeln, auf denen das Leben beruht, und ich bin eingedrungen in die genauesten Landkarten im Atlas der Anatomie. Ich bin das Gesetz.

Und mit dem Ei eines Raben, dieses dunkelsten aller Vögel, wolltest du mich betrügen. Unter einer dünnen Kalkschale wolltest du verbergen, was durch mein elftes - immerhin erst mein elftes - Fenster deutlich sichtbar vor mir lag. Du hast deine Chance nicht genützt. Gott weiß, warum ich ausgerechnet dir noch eine zweite und dritte eingeräumt habe.

Meine zwölf Fenster. Wie liebe ich es, in dem wuchtigen steinernen Turm meines Palastes langsam von einem dieser Fenster zum anderen zu schreiten und zu schauen. O Glück des unbeschränkten Schauens! Aus dem ersten Fenster noch ganz durchschnittlich, beinahe so wie jeder Andere auch sieht, aber schon schärfer, durchdringender aus dem Zweiten. Das dritte Fenster erschließt mir noch geheimere Schlupfwinkel, noch verschlungenere Welten das Vierte, und so fort, bis zum Zwölften, das mir im weiten Rund des Landes nichts unentdeckt durchgehen lässt. Die schattigen Tropfen, die hinter dem gleißenden Vorhang des Wasserfalls unauffällig in dunkle Kuhlen rinnen, kann ich ebenso gut sehen wie die Zwillingslämmer, die sich im Leib des Muttertiers auf ihre Geburt vorbereiten. Ich erkenne die Blütenknospen der Kirschbäume, die im späten Winter Kraft sammeln, um hervorzubrechen im ersten Lenz, und den kleinen Schmutzrand, welcher der fleißigen Hausfrau entgeht bei der allwöchentlichen Wäsche, bemerke ich sehr wohl. Ich sehe gute wie böse Taten und Unterlassungen, ich erfreue mich an so mancher gelungenen List der Menschen, aber auch das Messer, das der Mörder vergrub, und sei es zehn Klafter unter der Erde, spüre ich auf. Ich bin das Gesetz.

Mich fortzupflanzen, gebietet die Majestät unserer Dynastie. Sie gebietet leider auch, sich zu diesem Zweck zu verheiraten. Mit einem Mann.

Männer! Wie weit sie doch von mir weg sind, wie tief unter mir! Ich kann sie nicht lieben, ich kann sie nicht einmal hassen, ich verachte sie. Sie sind zwar Menschen wie ich, doch welch ein Unterschied! Wenn ich mich nackt im Spiegel sehe, dann sehe ich ein menschliches Wesen, einen geraden, schlanken Leib, offene, wissens-durstige Augen, ich sehe Würde. Ich sehe nicht sofort die Frau. Wenn ich hingegen einen nackten Mann betrachte, dann sehe ich auf den ersten Blick nicht den Menschen, sondern die Männlichkeit. Ich muss ihnen dazu gar nicht zwischen ihre Schenkel schauen. Schon in ihren Augen sind sie Männer. In ihren Blicken ist so viel komischer Stolz auf dieses kleine Stückchen Knorpel und Haut, oder die Angst, dieses kleine Knorpelchen könnte zu klein sein im Angesichte der weiblichen Majestät. In ihren Augen schon sind sie Männer.

Und auch in ihren Händen spüre ich die Männlichkeit. Das sind grobe Hände, mehr breit als lang, von Haarwuchs überzogen, bereit, den Schwinghammer ebenso zu ergreifen wie das Glied und ebenso zu benutzen, rücksichtslos und unbekümmert. Selbst die Hände der Erzbischöfe, wenn sie sich zum Segen heben, sind nicht frei von dieser Männlichkeit, wie ekliger Klebstoff haftet sie an den Händen der Generäle und Professoren, sie macht keinen Unterschied zwischen fettbäuchigen Bierkutschern und zarten Schulknaben, zwischen sabbernden Greisen und den Rennläufern bei unseren Gymnastikspielen. Wie ungezähmte Hengste sind sie allzeit bereit, sich und ihr Geschlecht wiehernd aufzurichten und ihre stoßenden Lenden Mittelpunkt ihrer Welt sein zu lassen.

An ihrer Breitbeinigkeit kann ich erkennen, dass sie Männer sind. Gehend und stehend stellen sie ihr Mannsein zur Schau, und sogar wenn sie sitzen, lugt ihr seltsames Knorpelchen hervor, als genügten ihnen die Augen nicht, um zu sehen, was um sie vorgeht. Wie neugierige Nasen recken sich ihre Teile witternd empor, um, sobald sich die Gelegenheit ergibt, wieder zuzustechen in der einzigen Tat, die sie vollbringen können. Und darauf sind sie stolz!

Wie ich sie doch verachte, mit ihrem Eingebildetsein wegen dieser Kleinigkeit, die noch dazu so weit weg ist vom Kopf, dass sie ihren Besitzern nur die Wahl lässt, diesen oder sie gebrauchen. Beides gleichzeitig ist unmöglich. Ebenso verachtenswert sind die Männer aber auch in ihrer Angst, sie könnten versagen im Gebrauch ihres so wertvollen Geräts. Ich habe noch keinen Mann gesehen, der die gleiche Angst an den Tag gelegt hätte, wenn es darum ging, im Denken versagen zu können. Da werden Witzchen gemacht und Entschuldigungen erfunden, aber der Mann geht unverdrossen und ohne das Gefühl, gedemütigt worden zu sein, von dannen. Wenn aber dieses seltsame Ding gefordert ist, sich weiblicher Kraft zu stellen, dann ist sie plötzlich da, diese Angst in den Augen, in der Haltung, die Breitbeinigkeit verschwindet, da wird geschwitzt und gekratzt, aber nicht lange, denn das Gedächtnis des männlichen Gliedes ist kurz. Bald schon ist der alte Stolz wieder da. Worauf?

All das haben die neunundneunzig dort draußen auf den Stangen nicht mehr notwendig. Im Tod haben sie Ruhe gefunden. Und worauf sollte ein abgeschnittener Männerkopf denn noch stolz sein? Ich habe ihnen diese Ruhe, diesen Tod verschafft. Ich kündigte es ihnen an, sie wussten es. Denn ich bin das Gesetz.

Ich weiß, dass ich mich verheiraten muss. Und trotz all meines Wissens und meiner Bildung, trotz all meiner Erfahrung mit dem Leben in dieser Welt, habe ich doch bisher keinen Mann an mich herangelassen. Er müsste so völlig anders sein als alle, die ich bis jetzt kennengelernt habe. Er müsste so absolut auf sein Mannsein verzichten können, wie es nur möglich ist. Er müsste einfach ein Mensch sein wie ich, wenn ich mich nackt im Spiegel sehe. Ich dürfte an ihm nicht schon im ersten Augenblick diese Ausdünstung der Männlichkeit wahrnehmen. Keiner hat es noch geschafft. Warum habe ich nur dir diese zweite und dritte Chance gegeben, Bursche?

Denn die Bedingung, die ich an eine Heirat mit mir knüpfe, ist streng: Ich werde nur den als meinen Mann erkennen, dem es gelingt, das Zentrum seiner Männlichkeit so wirksam vor mir zu verbergen, dass ich es nicht einmal durch meine zwölf Fenster entdecken kann. Das ist mein Traum; ein Mann, der die Fähigkeit besitzt, sein Mannestum nicht wie einen Wimpel vor sich herzutragen; der sich mir als Mensch im Spiegel meiner suchenden Blicke zeigt, ohne von Kopf bis Fuß Mann zu sein.

Neunundneunzig Männer haben es bis heute versucht, keinem ist es gelungen. Es tut mir leid, dass die beiden letzten deine Brüder waren. Aber sei ehrlich, sich in einem Kalkloch oder in meinem Keller zu verkriechen ist doch wirklich zu primitiv! Da hat es schon bessere Ideen gegeben. Und es geht ja auch gar nicht darum, sich zur Gänze zu verbergen; nur die Männlichkeit soll nicht zu finden sein, dann kann ich in Ruhe in seine Augen blicken und feststellen, ob dort ein Mensch zu entdecken ist. Viele haben schon geglaubt, es könne doch nicht so schwierig sein, so ein kleines Ding zum Verschwinden zu bringen. Einer umwickelte es mit Brennnesseln, meine Fenster verrieten es mir bald. Er hatte so höllische Schmerzen, dass der Tod sich an ihn legte wie ein Segen. Ein Anderer suchte am Strand ein Schneckenhaus und barg darin sein kleines Knorpelchen. Schon durch das dritte Fenster hatte ich ihn ausgeforscht. Einer hatte Pech: Er hatte sein Stückchen einfach zwischen die Beine geklemmt und stand da wie ein schüchternes Jüngferchen. Zufällig ging hinter ihm eine junge Gänsemagd des Weges, da drehte er sich um, sogleich erwachte der Hengst in ihm, und ich konnte mit ansehen, wie zu seinem Entsetzen zwischen seinen angstvoll zusammengepressten Schenkeln das Blut mit voller Wucht einschoss und alles enthüllte, was er listvoll zu verstecken gedacht hatte.

Du siehst, ich habe schon vieles gesehen und aufgedeckt. Und jetzt kommst du mit deinem Ding im Ei eines Raben, dieses dunkelsten unter allen Vögeln. Der Teufel muss dir diese List eingegeben haben. Ich musste bis an mein elftes Fenster gehen, um deine Männlichkeit zu entdecken. Und ich weiß nicht, warum ich dir, unter allen Männern, eine zweite und dritte Chance eingeräumt habe. Es ist vielleicht etwas in deinem Gesicht, das mich anspricht. Vielleicht deine Art zu reden? Dein Gang, der weniger breitbeinig ist als der aller anderen Männer? Du scheinst mehr zwischen deinen Ohren zu haben, ein bisschen wahres Gehirn, ein bisschen Schlauheit, ein bisschen Intelligenz. Das ist ja im Grunde das, was ich suche. Ich kann mich nur von einem Mann begatten lassen, mit dem ich auch philosophieren kann. Ich empfange nur den Samen eines Mannes, von dem ich auch Weisheit empfangen kann. Ich nehme nur den Phallus eines Mannes in mir auf, der meinen Kopf mit Gedanken füllt. Über dich denke ich schon fast zu viel nach.

Also gut, habe deine zweite Chance! Es gibt sie, diese Chance, die noch keiner wahrgenommen hat, dir traue ich es zu. Sei klug, versuche keine billigen Lösungen, selbst in einem Fischleib am Grunde eines dunklen Tümpels würde spätestens mein zwölftes Fenster dich entdecken. Und dann hättest du nur mehr eine einzige Gelegenheit, dich als gewitzter zu erweisen als alle deine Vorgänger.

Dabei wäre es doch so einfach. Klein wie ein Meerhäschen, flockig und flink, müsste dein Knorpelchen, während ich Ausschau halte, von hinten tief in das krause Haar zwischen meinen Schenkeln schlüpfen, dann könnte ich mir die Augen aus dem Kopf schauen und von Fenster zu Fenster rasen und würde es nicht entdecken. Und dann müsste ich dich zum Mann nehmen und aus deinem Samen Kinder ins Leben rufen zum Ruhme der Dynastie.

Aber ich fürchte, diese einfache Lösung wird dir nicht einfallen. Und ich würde es mir doch so sehr wünschen, du hübscher Bursche du!

# Der Grabhügel

Ein Teufelskerl! Oh - das hätte ich jetzt wohl nicht denken sollen! Nicht in dieser Situation. Gott, sei meiner armen Seele gnädig, und auch der Seele des gütigen Verstorbenen hier in diesem Grab!

Aber ein Pfundskerl ist er schon. Ehemaliger Soldat, sagt er. Na ja, kräftig gebaut ist er ja, und was seinen Mut betrifft, alle Achtung! Vorhin, als auf einmal der - der Böse (Herr erbarme dich unser!) da vor uns auftaucht, mit seiner roten Feder und einem Pferdefuß ... Also, wenn der Soldat nicht dabeigewesen wäre, wäre ich wahrscheinlich weggerannt. Sicher wäre ich weggerannt. Wo der doch seine Beute fordern gekommen ist. Und sicher nicht ganz zu Unrecht, will ich meinen. Der Tote hier im Grab, mein alter Nachbar, war Zeit seines Lebens recht hartherzig und geizig. Er war halt reich, und dieser Umstand macht die Menschen vielleicht unnachgiebig und brutal. Sie merken es nicht einmal. Ich kann mir so etwas gar nicht vorstellen, denn mein ganzes Leben war ein einziger Kampf gegen das Verhungern. Als jüngerer Sohn armer Leute nichts Ordentliches gelernt, dann später ging mir immer wieder etliches schief; ach, was soll ich jetzt all die Dinge wieder aufzählen, die mir nur wehtun und die ich ja doch nicht gutmachen kann? Dann eine Handvoll Kinder, das passiert einem ja so schnell, und bei all dem immer die verrückte Vorstellung, ehrlich bleiben zu wollen. Es gibt ja so viele Gauner auf der Welt, manchmal beneide ich sie um ihre Unbefangenheit. Mir liegt das halt nicht. Und so bin ich arm geblieben. Und neben mir dieser reiche Bauer, mit seinen riesigen fruchtbaren Feldern und seinen fetten Schweinen und Kühen, seinem Schinken, seiner Milch, seinem Käse. Und mit Truhen, von denen es hieß, dass sie randvoll seien, weil er ja doch nie etwas an irgendwelche Bedürftigen oder auch an Verwandte ausgegeben hatte. Eines Tages dann, als ich nicht mehr aus und ein wusste, - ich erinnere mich noch genau an diesen Tag ...

Ach, da kommt er ja schon wieder, der Leibhaftige, dessen Namen ich lieber nicht einmal denke. Der Sack, den er mitbringt, wird immer größer. Er leert den Inhalt in den Stiefel des Soldaten. Mein Gott, das müssen ja Tausende sein! Wie wunderbar Gold klingt! Ja, und jetzt schaust du blöd drein, du Seelenfänger, denn der Stiefel ist immer noch nicht voll und du musst noch einmal laufen, um noch mehr Gold von deinem Freund, dem Wechsler, zu holen. Überhebe dich nur nicht! Ein Pfundskerl, der Exsoldat! Er scheint mit seiner Idee ein Wunder möglich zu machen. Ob vielleicht alle Wunder, an die die Menschen glauben, in Wirklichkeit nur das Ergebnis von Schlauheit auf der einen und Leichtgläubigkeit auf der anderen Seite sind? Ich kenne mich mit diesen Dingen überhaupt nicht aus. Das Lesen war nie etwas, das ich mir leisten konnte, und den Weg zur Kirche, wo mir das Wunderwirken vielleicht erklärt worden wäre, habe ich auch nur selten gefunden. Ich konnte den Anblick der festlich herausgeputzten Männer, Frauen und Kinder einfach nicht ertragen. Seltsam, dass dort, wo die Armen und Bedrängten Zuflucht finden sollten, der Unterschied zwischen Arm und Reich nur noch deutlicher zur Schau getragen wird. So verlor ich auch das bisschen Glauben, das mir meine Mutter mitzugeben versucht hatte. Ein Pfarrer in Seide mit einem Kelch aus Gold war sicher nicht imstande, mir armseligem Teufel - beschütze mich, o Herr! - den Sinn meines Lebens zu erklären.

Wochenlang hatte ich den Plan, mich in meiner immer ärger werdenden Not an meinen Nachbarn zu wenden, gewälzt, aufgeschoben, verworfen, wieder neu bedacht. Meine Frau drängte mich zuletzt so sehr, dass ich kaum mehr anders konnte als hingehen. „Er wird mich hinauswerfen!" – „Geh einfach nicht!" – „Er hat noch nie jemandem etwas gegeben." – „Erzähle ihm, wie es uns geht. So ein Unmensch kann er nicht sein, dass er dann immer noch hart bleibt." – „Was soll ich sagen?" – „Denke an uns, deine Kinder und mich, dann werden dir die richtigen Worte schon einfallen." – „Er wird nicht zuhören." – „Wenn du jetzt nicht gleich gehst, dann gehe ich! Und du kannst dich darauf verlassen ..." – „Nein, nein, liebe Frau, ich gehe schon."

Als hätte an diesem Tag auch ein Höherer an die Türe seines Herzens geklopft. Der Nachbar war wie verwandelt. Vier Malter Korn hatte ich von ihm leihen wollen, aber das ließ er nicht zu. „Acht will ich dir schenken." Und dann sagte er seine Bedingung, wegen der ich jetzt da sitze so wie schon in den beiden letzten Nächten, nur diesmal nicht allein. Trotzdem fürchte ich mich irgendwie, denn bei dem Gottseibeiuns weiß man ja nie. Selbst so ein mutiger und schlauer Exsoldat ist ja auch nur ein Mensch. Aber so eine List! Also, ein Pfundskerl!

Ja, seine Bedingung. „Wenn ich tot bin, sollst du drei Nächte an meinem Grabe wachen."

Als ob er geahnt hätte, dass er bald darauf sterben würde. O Gott, wie habe ich mein Versprechen bereut! Aber ich bin halt so ehrlich, und er hatte mir ja auch tatsächlich sehr geholfen. Wir hatten zu essen, und auch meine Frau sah mich plötzlich in einem ganz anderen Licht, als ich ihr von der Überredungskunst erzählte, die ich gebraucht hatte, um wenigstens die acht Malter Korn zu ergattern. (Zu viel Ehrlichkeit kann manchmal in Dummheit ausarten.) Mein Versprechen musste ich also halten. Zwei trübe Nächte lang saß ich, in eine dunkle Ecke gedrückt, zitternd beim Grab des Verstorbenen. Heute aber, in der dritten Nacht, die hell und mondklar ist, habe ich am Friedhofstor diesen Soldaten getroffen. Er hat kein Obdach, und so war es ihm gleich, ob er die Nacht mit mir auf dem Friedhof oder sonstwo verbrachte. Gott sei Dank! Denn um Mitternacht hörten wir plötzlich ein unheimliches Pfeifen und Sausen, und mit Feuer und Gestank erschien - er. Um die Seele des Toten zu holen, sagte er. Sie gehöre ihm. Es stimmt also, dass die Harten und Unbarmherzigen der Teufel holt. (Oh, heilige Maria, bitte für mich!) Und der reiche Bauer hat das gewusst. Darum wollte er mich als Wache für sein Grab.

Der Soldat aber wies ihn zurecht. Er sei nicht sein Hauptmann, und so werde er ihm nicht gehorchen. Da bot der Andere Gold. Und jetzt - die List! So ein Pfundskerl! „Ja ja, das klingt gut", sagte er, „aber das Beutelchen, das du da mithast, ist wohl zu wenig. Geh und bring uns Gold, soviel in meinen Stiefel passt. Dann ist die arme Seele dein." Der Böse stieg darauf ein, weg war er, zu einem befreundeten Wechsler, wie er sagte. Der Soldat aber borgte sich mein Messer und schnitt ein Loch in die Sohle seines Stiefels, den Stiefel aber stellte er an den Rand einer halb überwachsenen Grube.

Da - er kommt wieder! Zum vierten Mal schon, und wieder wird er den Stiefel nicht füllen können. Noch dazu wird es im Osten immer heller, der erste Sonnenstrahl muss in wenigen Augenblicken über den Horizont lachen, vielleicht schon während diese vierte Ladung Goldstücke klingelnd in die Grube purzelt. Und dann - ich traue mich kaum, daran zu denken - dann verliert er seine Macht über die Seele des Bauern, der ist gerettet, und ich bin von meinem Versprechen entbunden. Ich habe es gehalten. Ich glaube, ich kann stolz auf mich sein. Ob ich den schlauen Soldaten einlade, den Rest seines Lebens bei uns zu bleiben? Aber ja, warum nicht. Und von dem vielen Gold, das da in der Grube liegt, können wir sicher gut leben. Zuallererst kaufe ich für uns alle schöne Kleider, und dann gehen wir in die Kirche. Ich möchte den lieben Gott bitten, dass auch meine Seele einmal jemand beschützt.

So ein Teufelskerl wie ich.

# Tischchen deck dich, Goldesel und Knüppel aus dem Sack

Werter Herr Müller!

Wer es ist, der Ihnen diesen erbosten Brief schreibt, werden Sie sofort wissen, wenn ich Ihnen erzähle, dass Sie mir vor nicht allzu langer Zeit nach Ableistung meiner Lehrzeit bei Ihnen statt einer etwas höheren Abfindung (wie sie mir meines Erachtens auf Grund meiner von Ihnen selbst immer als sehr gut bezeichneten Dienste zustehen hätte müssen, aber das nur so nebenbei) einen Esel schenkten, von dem Sie mir glaubhaft versicherten, er könne und werde nach Vernehmen eines bestimmten Kommandowortes vorne und hinten Gold speien.

Nun, lassen Sie mich erzählen: In der ersten Zeit funktionierte die von Ihnen in Aussicht gestellte Goldproduktion wirklich, und war ich Ihnen sehr dankbar für die mir erwiesene Wohltat. Ich konnte mich eine Zeitlang in der Welt umsehen, ohne Schulden machen zu müssen, doch dann beschloss ich, zu meinem Vater zurückzukehren, der mich so wie auch meine beiden Brüder seinerzeit wegen eines hier nicht näher auszuführenden Missverständnisses im Zusammenhang mit einer hinterhältig agierenden Ziege des Hauses verwiesen und unserem weiteren Schicksal überlassen hatte, statt uns selbst als Lehrmeister im eigenen Betrieb das Schneiderhandwerk erlernen zu lassen. Mittlerweile aber nahm ich an, dass der erste Zorn des Vaters schon längst verraucht sein müsse, der Fall mit der Ziege außerdem sich vielleicht aufgeklärt habe, drittens aber ich vor allem mit dem von Ihnen erhaltenen Esel solchen Eindruck auf ihn machen würde, dass er nicht anders könnte, als mich mitsamt dem braven Tier wieder zu Hause aufzunehmen. Ich machte mich also auf den Weg in Richtung Heimat. Unterwegs gelangte ich in ein Wirtshaus, in dem ich infolge der wegen des langen Weges großen Müdigkeit und der vorgerückten Stunde zu speisen sowie zu nächtigen gedachte. Es stellte sich heraus, dass die Preise für Speisen und Getränke in dem erwähnten Gasthaus dermaßen hoch waren, dass ich von den Fähigkeiten meines Esels Gebrauch machen musste. Ich machte mir deswegen allerdings nicht viele Gedanken, da ich die Ressourcen des Grautieres nach Ihren Schilderungen für unerschöpflich halten musste. Tatsächlich spuckte und exkrementierte der Esel die benötigte Summe (sogar noch etwas mehr, was ich als Trinkgeld für das zwar ausnehmend hässliche, aber freundliche Stubenmädchen verwendete). Am nächsten Morgen brach ich endgültig in meinen Heimatort auf, wo ich wenige Stunden später auch wirklich von meinem Vater voll Freude empfangen wurde. Es stellte sich heraus, dass auch mein ältester Bruder (ich bin der Mittlere), der bei einem Schreiner in die Lehre gegangen war, schon vor mir nach Hause zurückgekehrt war, und so war die Wiedersehensfreude eine doppelte, zumal unser Vater voll der Reue war, weil die oben erwähnte Sache mit der Ziege sich längst als ein Irrtum seinerseits herausgestellt und er also gar nichts zu verzeihen hatte, ausgenommen sich selbst.

Noch werden Sie sich fragen, warum ich diesen Brief eingangs als einen erbosten bezeichnet habe, denn bisher muss er Ihnen eher als ein Dankschreiben erscheinen. Doch warten Sie nur!

Natürlich wollte mein Vater wissen, ob ich von meiner Wanderschaft etwas mitgebracht hätte. Darauf antwortend, legte ich zuerst einmal voll Stolz die von Ihnen ausgestellten sehr guten Zeugnisse vor, die mich als voll ausgelernten Müller auswiesen, was ihn allein schon mit großem Stolz erfüllte. Dann aber berichtete ich ihm von dem Esel und seinen außergewöhnlichen Fähigkeiten. Als mein Vater das hörte, ließ er es sich nicht nehmen, noch für den gleichen Abend Freunde und Verwandte einzuladen, damit ich ihnen im Rahmen einer Wiedersehensfeier das geradezu unglaubliche Goldspeien demonstrieren sollte. Natürlich blickte ich dem abendlichen Geschehen mit Vorfreude und Zuversicht entgegen, hatte mich der Esel doch in vergleichbaren Situationen bisher nie im Stich gelassen.

Der Abend kam, und die geladenen Gäste scharten sich nach einer überschwänglichen Einleitungsrede meines Vaters um das getreue Tier. Doch - und nun komme ich zum eigentlichen Anlass meines Briefes - der Esel schien wie ausgewechselt. Ich gebe Ihnen mein Wort, dass ich genau das richtige Kommandowort gebrauchte wie schon etliche Male davor. Tatsächlich begann der Esel, wenn auch nach einiger Bedenkzeit, sowohl vorne als auch hinten etwas von sich zu geben; aber was er erzeugte, war

a) nicht geeignet, ihn von jedwedem anderen Esel normaler Machart zu unterscheiden und

b) nicht dazu angetan, das Lebensgefühl der umstehenden Gäste und das meines blamierten Vaters, geschweige denn mein eigenes zu heben.

Um es kurz zu machen, und vor allem, um Ihnen das Inakzeptable der Situation drastisch genug vor Augen zu führen: Der Esel kotzte und schiss, dass es eine Freude war, aber Goldstück war kein einziges dabei!

Damit komme ich zum Kern meines Briefes: Ich unterstelle, das werden Sie wohl einsehen müssen, dass Sie mir, auf meine jugendliche Unerfahrenheit sowie auf meine naive Gutläubigkeit bauend, mit vollem Wissen und in betrügerischer Absicht einen Esel anheimstellten, von dem Sie wussten, dass er nur bedingt die Leistungen erbringen würde, die mir von Ihnen angekündigt worden waren. Selbst unter der gutwilligen Annahme, dass auch der beste Goldesel einmal einen Defekt haben kann, muss ich darauf verweisen, dass seit dem Zeitpunkt der Übergabe des Esels von Ihnen an mich nur wenige Wochen vergangen sind, sodass unter Zugrundelegung gängiger Geschäftspraktiken das derzeitige Nichtfunktionieren auf jeden Fall noch innerhalb der zwar mit Ihnen nicht vereinbarten, von mir aber als selbstverständlich angenommenen Gewährleistungsfrist fällt.

Werter Herr Müller, ich erwarte von Ihnen keine Entschuldigung, damit wäre niemandem gedient. Aber ich fordere von Ihnen zunächst einmal mittels dieses Briefes, und sollte dieser nichts fruchten, nötigenfalls auch mit rechtsbeiständlicher Hilfe, entweder die Rücknahme des besagten Esels und die Zurverfügungstellung eines Neuen, für dessen Funktionstüchtigkeit Sie mir dann in entsprechender Form eine Garantieerklärung abgeben wollen, oder die Rücknahme des Esels und die Ausbezahlung des mir infolge meiner überdurchschnittlich guten Dienste in Ihrem Betrieb zustehenden Restlohnes in barer Münze.

Ich will Ihnen nicht drohen, aber Sie wissen als erfahrener Geschäftsmann ja wohl selbst sehr gut, wie in solchen und ähnlichen Fällen vorgegangen wird und dass ein Prozess, über den erfahrungsgemäß in der Öffentlichkeit sehr ausführlich berichtet werden würde, sich auf Ihren Geschäftsgang nicht gerade positiv auswirken würde.

Mit dem ausdrücklichen Ersuchen um geschätzte Erledigung in meinem Sinne verbleibe ich

Ein sehr Enttäuschter.

((((  ))))

Sehr geschätzter Herr Müller!

Ich weiß gar nicht, wie ich diesen Brief beginnen soll, beziehungsweise ob Sie ihn überhaupt zu Ende lesen und zur Kenntnis nehmen werden, sobald Sie herausfinden, von wem er stammt.

Ich flehe Sie aber, in meinem und auch in Ihrem Interesse, an, sich die paar Augenblicke Zeit zu nehmen und die Bitte eines zutiefst Zerknirschten um Entschuldigung gnädigst zur Kenntnis zu nehmen. Ja, ich bin es wieder, der Ihnen schreibt: der Empfänger des goldspuckenden Esels, der von Ihnen doch so überreich beschenkt wurde und dann verblendet und im ersten Zorn und in der (hoffentlich nachträglich verständlichen) Enttäuschung einen so ungehobelten Brief an Sie schickte, dass dieser Sie notwendigerweise verletzen und Ihren Glauben an das Gute in der heutigen Jugend erschüttern musste.

Ich bitte Sie, schenken Sie meinen Ausführungen, die ich im Folgenden an Sie heranzutragen gedenke, Glauben und betrachten Sie fernerhin die kleine Wein- und Blumengabe, die nächstens per Boten an Sie ergehen wird, als hilflosen Versuch, Sie wieder zu versöhnen, resp. würden Sie bitte die geschätzten Maße Ihrer Frau Gemahlin an die Adresse meines Vaters senden, damit dieser auch in meinem Namen durch ein im wahrsten Sinne des Wortes „angemessenes" Präsent Ihr Wohlwollen wiedergewinnen kann.

Ich schilderte Ihnen in meinem letzten, von mir schon so oft und tief bedauerten, Schreiben, wie zu unser aller großer Enttäuschung der von Ihnen mir zum Geschenk gemachte Esel schon nach vergleichsweise kurzem Gebrauch nicht mehr funktionierte. Doch hören Sie nun weiter, und teilen Sie bitte meine und meines Vaters gerechte Entrüstung:

Im Gespräch mit meinem Bruder, der, wie bemerkt, schon vor mir eingetroffen war und das Schreinerhandwerk erlernt hatte, stellte sich heraus, dass auch er von seinem Lehrherrn ein überaus wertvolles und sinnreiches Abschiedsgeschenk erhalten hatte, und zwar einen Tisch, dessen aufsehenerregende Fähigkeit darin bestand, dass er auf das Kommando „Tischchen deck dich" ganz von selbst voll war von den erlesensten Speisen und Getränken. Auch er (mein Bruder) reiste nach der Lehrzeit eine Zeitlang durch die Lande, bevor er sich entschloss, aus den gleichen Beweggründen wie ich nach Hause zurückzukehren. Auf seinen Reisen leistete ihm das besagte Tischchen immer gute Dienste, und konnte er sich so manche teure Mahlzeit in einem gastronomischen Betrieb ersparen sowie durch Vorzeigen der magischen Funktion des Möbels auch vielen Menschen Freude bereiten.

Doch jetzt kommt's: Als er sich entschlossen hatte, zum Vater zurückzuziehen, kehrte auch er, wie sich in unserem nachträglichen Gespräch herausstellte, in eben dem nämlichen Wirtshaus ein, in dem auch ich zum letzten Male erfolgreich die Goldproduktion seitens meines Esels versucht hatte. Auch ihm erschienen damals die Preise des Hauses überhöht, doch ebenso wie mich, der ich ja auf Gold im Übermaß zurückgreifen konnte, schreckte auch ihn eine hohe Zeche nicht, im Gegenteil, er lud die Umsitzenden noch nach Herzenslust zu Speis und Trank ein, welche allerdings nicht von dem Wirt beigestellt wurden, sondern auf meines Bruders zauberischem Tischchen von selbst entstanden. Dieser Vorgang mag dem Gastwirt nicht gefallen haben, doch mein Bruder zog anderntags voll Vorfreude in Richtung Heimat weiter, wusste er doch, dass er mit diesem Mitbringsel dem Vater, selbst wenn dieser noch nicht verziehen haben sollte, eine Riesenüberraschung und die Gelegenheit bereiten würde, vor allen Nachbarn und Bekannten mit seinem ältesten Sohn zu prahlen, der neben einem wohlerlernten Handwerk auch noch ein so wertvolles Geschenk mitgebracht habe.

Aber - Sie ahnen jetzt wahrscheinlich schon, was sich ereignete! Als mein Vater abends alle Freunde einlud, um sie an der auf so unerklärliche Weise zustande gekommenen Mahlzeit teilhaben zu lassen, erging es meinem armen Bruder genauso mit seinem Tischchen, wie es mir kurze Zeit später mit meinem Esel ergehen sollte: Es funktionierte nicht, und zwar zum ersten Male, seit er es sein Eigentum nennen durfte. (Jetzt können Sie sich wohl vorstellen, dass bei meinem Eintreffen bzw. dem Versagen meines Mitbringsels die Enttäuschung und Wut seitens meines Vaters bereits eine doppelte war, was wiederum verstärkend auf mein Ungehaltensein einwirkte, sodass es letztendlich zu dem unglückseligen Brief an Sie kam, von dem ich heute jeden Buchstaben bedaure und mich verfluchen könnte, ihn geschrieben zu haben).

Am Abend, gleich nach meinem verunglückten Experiment, erzählte mir mein Bruder von seinem dem meinen so sehr gleichenden Schicksal, und auch mein Vater konnte sich der auffallenden Duplizität der Fälle nicht entziehen. Als mein Bruder und ich diesen Erfahrungsaustausch vorgenommen hatten, da drängte sich auf der Stelle die entsetzliche Vermutung auf, unser beider Missgeschick müsse etwas mit dem erwähnten Wirtshaus zu tun haben, in dem wir beide die jeweils letzte Nacht vor unserer Heimkehr verbracht und - ebenfalls beide - allzu sorglos unsere ungewöhnlichen Besitztümer zur Schau gestellt hatten. O menschliche Eitelkeit, wie viele hast du schon unglücklich gemacht!

Erste umsichtige Erkundigungen unsererseits ergaben, dass der Inhaber des Wirtshauses bereits mehrmals durch betrügerisches oder zumindest fragwürdiges Tun aktenkundig geworden war.

Um es kurz zu machen: Wir drei, mein Vater, mein Bruder und ich, sind uns heute absolut sicher, dass jener Wirt, während wir schliefen, irgendwelche Machenschaften an unseren jeweiligen Zauberdingen vollführte, wodurch es dann zu den geschilderten blamablen Vorstellungen in unserem Vaterhaus kam.

Weitere Schritte unsererseits sind in Planung, und ich werde Sie, sehr verehrter Herr Müller, jederzeit über den aktuellen Stand der Dinge auf dem Laufenden halten. Seien Sie bitte meiner ungebrochenen Zuneigung und Dankbarkeit für alles, was Sie an Gutem an mir getan, versichert, und betrachten Sie, ich flehe Sie nochmals inständigst an, den vorigen Brief als gegenstandslos, ja mehr noch, tun Sie, als wäre er nie geschrieben.

Es grüßt Sie und Ihre hochgeschätzte Frau Gemahlin

ein zutiefst Zerknirschter.

((((   ))))

Herr Wirt!

Lange genug haben Sie, als Schande für Ihresgleichen und zum Schaden wohl ungezählter arglos des Weges Reisender, auf kriminell betrügerische Weise Ihr eigenes Wohlergehen zu heben und das Ihrer Opfer zu schmälern getrachtet.

Ohne viele Worte zu machen: Wer sich an den Speisen auf des Nachbarn Tische vergreift, der wird daran ersticken! Und wer sich widerrechtlich zu Eigen macht seines Nächsten Esel, der wird unter die Hufe kommen, ehe er sich´s versieht!
In Vorbereitung weiterer Schritte grüßt (Sie wissen wer)

ein auf Vergeltung Sinnender.

(((()))) 

Sehr geehrter Herr Drechsler!

Sie werden sich wohl wundern, dass ich, ein Ihnen völlig Unbe-kannter, Ihnen so mir nichts dir nichts einen Brief schreibe. Aber Sie werden bald verstehen.

Es ist so, dass ich der Bruder des Burschen bin, der, wie ich aus unserem zwar nicht regen, aber doch existenten Briefverkehr weiß, bei Ihnen in die Lehre geht, und das, wie mir ebenfalls bekannt ist, mit durchaus beachtlichem Erfolg. Das Drechsler-handwerk ist wohl eines der Schwersten, und so erfordert es auch eine etwas längere Ausbildungszeit. Aber bald schon wird mein Bruder (er ist übrigens der Jüngste von uns Dreien) ausgelernt sein und sich von Ihnen aus auf den Weg nach Hause machen.

Ich habe leider nicht die Zeit, Ihnen unseren schwierigen Fall und somit den Grund für diesen Brief und die darin zu äußernde Bitte so ausführlich darzulegen, dass Sie den Sachverhalt hundertprozentig zu verstehen vermögen, denn ich habe das Müllergewerbe ergriffen, und das ist ein ziemlich zeitaufwendiges Geschäft, das einem nur wenig Gelegenheit zum Briefeschreiben lässt. Doch so viel sei gesagt: Sowohl mir als auch meinem älteren Bruder ist im Zusammenhang mit den von unseren Lehrherren empfangenen sehr wertvollen Abschiedsgaben schwerer Schaden zugefügt worden, und zwar von einem hier nicht namentlich nicht zu nennenden Mitglied der Wirtszunft, und wir zerbrechen uns begreiflicherweise den Kopf, wie man dem besagten Missetäter

a) eine gerechte Strafe für alle an uns und Anderen begangenen Untaten angedeihen lassen und

b) ein für alle Male die Lust an ähnlichen Vergehen austreiben könnte.

Nun sind wir auf eine Idee gekommen, die unter Ausnützung der Habgier des inkriminierten Wirtes ihren Zweck, wie wir meinen, auf optimale Weise erfüllen würde. Nur sind wir dazu auf Ihre Mithilfe angewiesen.

Aus den Schilderungen meines bei Ihnen tätigen Bruders weiß ich, dass Sie ein gutes Herz haben und neben den Geschäftsinteressen immer auch das Wohl Ihrer Angestellten und Lehrlinge im Auge haben. Daher scheue ich mich nicht, folgende Bitte an Sie heranzutragen: Sie gedenken sicher auch, meinen fleißigen und tüchtigen Bruder bei seinem Abgang aus Ihrem Betrieb dementsprechend zu entlohnen. Sollten Sie dabei an eine erhöhte Geldzuwendung gedacht haben, dann ersuche ich Sie, sich dies vielleicht noch einmal zu überlegen. Mein

Bruder ist darauf vorbereitet und in Kenntnis der zugrunde-
liegenden Situation auch willens, auf das höhere Salär zu verzichten und sich, so wie wir anderen Brüder auch, mit einer
Sachspende zufriedenzugeben. Nun sind Sie ja ein Drechsler
und den Umgang mit Stuhlbeinen und anderen länglichen
Holzgegenständen gewohnt. Wir, mein Bruder und ich, meinen
daher, es müsste für Sie auch die Erzeugung eines Knüppels ein
Leichtes sein. Unsere Erfahrung mit unseren eigenen Lehrherren hat gezeigt, dass sie alle imstande waren, uns mit (nicht
im wahren Wortsinn, aber doch irgendwie) schlagkräftigen
Gaben abzufinden, aus denen wir viel Vorteil zu ziehen
wussten, und heute noch wüssten, wenn nicht ... Aber das führt
zu weit.

Wir bitten Sie, helfen Sie uns, einem notorischen Übeltäter das
Handwerk zu legen, und lassen Sie, auf die eine oder andere
Weise, den Knüppel aus dem Sack. Mein Bruder ist bereits
angewiesen, in jenem anrüchigen Wirtshaus zu nächtigen. Er
wird dann unsere Rache vollziehen, wenn Sie es ihm ermög-
lichen.

Mit herzlichem Dank für die Kenntnisnahme dieses Bitt-
schreibens und in großer Zuversicht verbleibe ich

ein nach Rache trachtender Gedemütigter.

# Von dem Machandelboom

Jetzt schreit sie. Sie muss jetzt schreien. Wer würde nicht schreien, wenn er seinem Bruder eine Ohrfeige gibt und sein Kopf fällt wortlos zu Boden?

Ich gestehe. Der wortlose Bruder ist tot. Ich habe ihm den Kopf abgeschlagen. Und in mir ist eine unsägliche Leichtigkeit. Sein Fehler war, dass er existierte. Sein Fehler war, dass er das Kind der ersten Frau war. Sein Fehler war, dass er einen Apfel wollte.

Die erste Frau liegt draußen im Hof unter dem Machandelbaum begraben. Die Geschichte ist zu rührend um wahr zu sein. Es ist die alte, aus Kitschromanen bekannte Geschichte von dem liebenden Paar, das allen Anstrengungen zum Trotz keine Kinder bekommen kann. Und dann sitzt sie eines Tages im Winter unter dem Machandelbaum - (Wer setzt sich schon im Winter unter einen Baum?) - und schält sich einen Apfel - (muss ein milder Winter gewesen sein). Dabei schneidet sie sich in den Finger, und als ein Blutstropfen in den Schnee fällt - (also doch kalt genug für Schnee) -, da wünscht sie sich ganz inbrünstig ein Kind, so rot und weiß wie Blut und Schnee. (Kommt mir das nicht bekannt vor?) Und jetzt kommt der Kitsch; fast kann man zu der Geschichte die Geigen rauschen hören: Die Monate gehen ins Land, die Gräser sprießen, die Blüten blühen, die Vöglein singen, der Baum trägt die schönsten Früchte, und im Leib der Frau wächst ein Kind. Aber sie isst zu unmäßig von den Früchten und wird krank, und als das Kind zur Welt kommt (und noch dazu ein Knabe ist!), da schlägt sich die übergroße Freude dazu und die Frau ist tot. Wo ist der Autor, diese Romanze zu schreiben? Wo ist der Komponist, sie zu vertonen?

Unter dem Machandelbaum liegt sie begraben. Aber das Kind, ihr Sohn, der blieb am Leben.

Nach einer gewissen Trauerzeit dachte der Witwer wieder ans Heiraten, und er fand mich. Ich bin schön, ich bin reich, und ich bin fruchtbar. Ich kann auch Kinder bekommen ohne Blutzauber unter dem Machandelbaum. Meine Schwangerschaft kam ohne rührseligen Märchenzauber zustande, meine Tochter ist nicht das Ergebnis einer Geschichte, wie sie nicht einmal die Brüder Grimm unglaublicher hätten erfinden können. Ich liebte Marlenchen vom ersten Augenblick an als diejenige, die einmal unser Vermögen erben sollte.

Doch da war der ältere Sohn. Er war im Weg. Und er war leider immer sehr lieb zu meiner Tochter, und sie bewunderte und liebte ihren älteren Bruder über alles. Fast hätte der liebevolle Umgang der beiden auch mich schwach gemacht. Es bedurfte meiner ganzen Kraft, mir immer wieder vor Augen zu führen, dass mein Geld auch nur an Blut von meinem Blute weitergehen dürfe. Mit meinem Mann darüber zu sprechen, ist immer sinnlos gewesen. Der Träumer! „Wir haben noch so lange zu leben, wer will da schon von Erbschaft sprechen?" Aber er brauchte ja auch nicht daran zu denken, denn neben ihm wuchs sein Sohn heran, Blut von seinem Blute, und somit war für ihn alles klar. Nicht, dass er Marlenchen nicht auch lieben würde! Aber die Männer lieben ihre Töchter mit einer gewissen Von-oben-herab-Liebe. Sie streicheln ihnen das Köpfchen und denken „kleines Dummerchen". Sie stecken ihnen kleine Naschereien zu und füllen im nächsten Augenblick die Schecks für ihre Söhne aus.

Dieser Sohn war im Weg. Ich habe ihm den Kopf abgeschlagen.

Marlenchen wollte einen Apfel haben. Die Äpfel sind in der großen schweren Truhe. Ich gab ihr einen. Da sagt sie: „Mama, soll der Bruder nicht auch einen haben?" Der war in der Schule. „Gut," sage ich, „wenn er aus der Schule kommt, dann bekommt ihr beide einen." Und ich nehme ihr den ihren auch wieder weg.

Dann kommt der Bub aus der Schule. In mir arbeitet es: die Äpfel in der Truhe, der schwere Deckel, meine Tochter, mein Vermögen.

„Möchtest du nicht einen Apfel?" frage ich ihn. Er zögert. „Warum siehst du mich so böse an?" Aber gut, einen Apfel nimmt er auch. „Bücke dich nur hinein, mein Sohn, in die Truhe, und suche dir den Schönsten aus!" Er duckt sich hinein, Deckel zu, ganz fest, Kopf ab! Ich gestehe.

Es war lustig, ihm seinen Kopf wieder aufzustülpen, ein dicker Schal um seinen Hals macht es unmöglich, auf den ersten Blick zu erkennen, dass das Kind aus zwei nicht zusammenhängenden Teilen besteht. Am meisten Spaß machte es mir, den toten Knaben vor die Eingangstüre zu setzen und ihm einen Apfel in die Hand zu drücken. Er wollte ja einen haben. Und jetzt hat er ihn. Aber schmecken wird er ihm nie. Ein abgetrennter Kopf schmeckt nichts mehr.

Dann kam Marlenchen. „Der Bruder sitzt vor der Türe und teilt seinen Apfel nicht mit mir. Nicht einmal eine Antwort gibt er." Ahnungslose Tochter! Durch seine Luftröhre weht nur der Wind.

„Frage ihn noch einmal, und wenn er dir wieder keine Antwort gibt, dann gib ihm einfach eines über die Ohren."

Ihre Ohrfeige muss wohl ziemlich kräftig ausgefallen sein, denn jetzt schreit sie. Ich sehe richtig vor mir, wie sein Gesicht vom Boden zu ihr hinaufstarrt, während seine rechte Hand ihr einladend einen rotbackigen Apfel entgegenstreckt. Sie muss schreien. Wer würde das nicht? Und dann wird sie alles wissen. Auch alles Weitere. Aber sie wird schweigen, weil ich ihre Mutter bin, sie wird sich in ihre Trauer verkriechen, bis sie erwachsen ist, und dann wird sie mein Geld ohne Bedenken erben, denn sie ist Blut von meinem Blute.

Der Mann ist in der Stadt, ich werde ihm erklären, dass sein Sohn überraschend zu einem Besuch seiner Großmutter aufgebrochen ist. Und du, Tochter, höre jetzt auf zu schreien, ich muss deinem Vater das Essen kochen. Es wird etwas Besonderes sein, und deine Tränen werden mir sogar das Salz sparen helfen. Ich tue das alles für dich. Und ich gestehe es, allerdings nur leise. Laut und offen zu gestehen, wäre Dummheit. So aber ist Sicherheit. Es kann mir nichts passieren, weil nichts ans Tageslicht kommt. Es gibt sie nicht, diese verräterischen Wunderzeichen, wie sie uns die alten Geschichten immer mahnend vor Augen führen. Es gibt keine abgenagten Knochen, die sich in sprechende Vögel verwandeln. Es gibt keine Goldschmiede, die sprechenden Vögeln teure Ketten um den Hals legen. Es gibt keine Schuster, die sprechenden Vögeln rote Schuhe in die Klaue drücken. Es gibt keine Müller, die sprechenden Vögeln einen Mühlstein schenken. Es kommt nicht vor, dass an gewöhnlichen Machandelbäumen in Feuer und Rauch Kinder und Tiere verschwinden und entstehen. Keine Vögel streifen einem Mann eine goldene Kette über den Kopf, keine Vögel kleiden die Tochter des Mannes in rote Schuhe, keine Vögel erschlagen des Mannes zweite Frau mit einem Mühlstein. All das ist erstunken und erlogen, wie man so schön sagt. Es kann nichts passieren.

Und deshalb gestehe ich. Ganz leise gestehe ich: Ja, ich hackte dem Knaben, der einen Apfel wollte, den Kopf ab, und jetzt ist Leichtigkeit, nur meine Tochter schreit. Wer würde das nicht?

Hyänen töten manchmal die Welpen eines verendeten oder vertriebenen Tieres, um mit dem Weibchen ihren eigenen Nachwuchs zu zeugen. Und dir, mein lieber Mann, wird dein Sohn auch gedünstet sehr gut schmecken!

# Jorinde und Joringel

Hast mich, lieber Joringel, in den Wald gebracht.
Habe mich, Jorinde,  zur Nachtigall gemacht.

Sang noch vor Augenblicken
ich, Jorinde, von Leid und Liebe
schimmernden Klang in Joringels Ohren,
singe nun
den süßen zitternden Sang des Abendvogels
im Buschgeviert, und du, Joringel,
gießest den gütigen Tau der Tränen
aus den geliebten Augen
und weißt nicht den Weg.

Mann sein, Joringel, ist
die Braut hinauszuführen in das Land,
im Dorf sie auszuweisen im Kreis der Jugend,
zu tanzen auf der Wiese des Wirtes
und nach ihren flitzenden Haaren zu fassen
dem Wind als ebenbürtiger Gegner,
dann sie zu packen in die Unendlichkeit
der Arme, der Brust, der sich hebenden und senkenden.

Frau, Jorinde, sein ist
im Schreiten den Schmutz des Bodens nicht zu achten
sondern getragen zu sein
und gezeigt den Blicken der neidischen Burschen,
zu tanzen auf der Wiese des Wirtes
und gewirbelt zu werden
der Sturmbraut als gleichwertige Gegnerin,
dann gepackt zu werden in die Unendlichkeit
der Arme, des Leibs, des kommenden und vergehenden.

Käm eine Hexe, Joringel, und könnte sie
als Katze und Eule und in allerlei Gestalten
vieles Getier sich locken und fangen,

es zu braten, zu rösten und zu verspeisen.
Käm eine Hexe und könnte sie
im zauberischen Feld, hundert Schritte im Umkreis
um ihr verwunschenes Schloss, welches tief
im dicken Walde sich erhebt mit bösem Leumund,
könnte sie
im unholden Umkreis jeden erstarren machen,
der mit unvorsichtigen Schritten sich nähert.
Käm eine Hexe und könnte sie
aus allen unvorsichtigen Jungfrauen Vögel machen
in ihrem verwunschenen Umfeld
und trüge sie hinein in ihr Schloss,
wo wohl schon siebentausend in Käfigen hausen
und ihr vergebliches Lied in der dunklen Kammer trällern.
Käm eine Hexe, Joringel.

Fass mich, Joringel. Es ist für Buschwerk gesorgt.
Fließe mit mir in den üppigen Boden des Waldes.
Mann sein, Joringel, ist
zum trällernden Gesang des abendlichen Mädchens
die Tageshaut abzustreifen, wenn es singt
und eben noch sang von Leid und Liebe.

Fass mich, Joringel. Es dämmert und dampft.
Sinke mit mir in das Moos.
Frau, Jorinde, sein ist
in bärtiger Umnachtung Unruh zu suchen,
die an ein Ende nicht denkt, solange der Regen nicht
aus dem stämmigen Geäst heruntertrieft.

Kommt keine Hexe, Joringel, die hässlich
mit krummer Nase und warzigem Kinn
deine Jorinde in einen bitteren Käfig zwingt.
Kommt keine Hexe aus ihrem Zauberschloss,
dich erstarren zu machen, weil dein unvorsichtiger Fuß
den grauenvollen Umkreis betrat, und dich erst wieder zu
erlösen,

wenn der Käfig mit deiner Vogelbraut
in der dunklen Kammer
den siebentausend zugesellt ist,
unwiederbringlich.
Kommt keine Hexe, Joringel.

Aber, Joringel, würdest du
aus siebentausend gefangen singenden
angekettet trällernden
in Käfigen zwitschernden Vögelchen
deine Jorinde erkennen?
Oh Joringel!

Mann sein, Joringel, ist
den Schritt der Liebsten am Zaun vor dem Nachbarhaus
einen Herzschlag früher zu hören,
als er gegangen ist.
Den Hauch der Liebsten beim Erwachen
einen Augenaufschlag früher zu spüren,
als er geatmet ist.
Und dieses um einen Schmetterlingsflügelschlag
früher gehört und gespürt werden,
mehr geahnt werden als gesehen,
herausempfunden aus siebentausend,
das ist Frau, Jorinde, sein.
Oh Joringel!

Kommt eine Hexe, Joringel! Erschrick nicht.
Nicht erstarre wie im unseligen Umkreis
verwunschenen Mooses
und verbotenen üppigen Bodens.
Kommt eine Hexe, dann warte nicht, bis ihr gnädiger Spruch
dich erlöst zu befreiter Bewegung.
Warte nicht, bis dein Bitten und Betteln
an ihrem höhnischen Grinsen abprallt.
Mann sein, Joringel!

Suche, Joringel, die röteste Blume des Landes,
schaue in ihrer Mitte
die Perle, zart wie glitzernder Tau am Morgen,
der entsteht, wenn das Dunkel der Nacht sich zurückzieht.
Sieh, wie die röteste Blume erblüht,
wenn du sie anfasst, um sie zu pflücken.
Nein, Joringel, du musst sie sanfter nehmen
um Stempel und Blütenblatt.
Mann sein, Joringel, ist nicht
die zartesten Blumen wild aus dem Boden zu rupfen
und sie sich an den Hut zu stecken.
Das, Joringel, lasse die bösen Jäger machen
mit dem Rückenhaar der erlegten Gämse.
Mann sein ist zärtliches Ernten,
ist empfindsames Suchen und Tasten
nach dem gefiederten Saum der Blumenkrone,
ist das Atmen des köstlichen Duftes,
der aufsteigt aus ihr,
ist das Trinken der schwellenden Perle
in der Mitte der rötesten Blume des Landes.
Diese Blume, Joringel, erlöst dich.
Diese Perle erlöse! Mache sie zur Waffe
gegen jeden unheiligen Umkreis.
Kommt eine Hexe, Joringel.
Stich zu!
Und hörst du jetzt noch siebentausend singen neben mir?

Hast mich, Jorinde, zur Nachtigall gemacht.
Habe dich, lieber Joringel, in den Wald gebracht.

# Hans mein Igel

Gott, wenn es einen gibt, sei Dank! Aufgewacht! Es gibt doch Träume, die noch schlimmer sind als meine Wirklichkeit. Nein, es kann keinen lieben Gott geben, wenigstens keinen für Wesen wie mich. Schon der Pfarrer, der mich taufte, hat sich damit, dass er den von meinen Eltern erwählten Namen überhaupt akzeptierte, eindeutig deklariert: Wer ein Kind auf den Namen Hans mein Igel tauft, stellt es damit klar außerhalb der gewollten Ordnung seines Schöpfers. Und was sollten meine Eltern denn anderes tun als mich so rasch wie möglich hinter dem Ofen zu verstecken, mich, der von Geburt an aussah wie eine grausige Mischung zwischen Biest und Mensch: von der Hüfte aufwärts mit igeligen Borsten übersät, kaum kenntlich als menschliches Wesen; nicht einmal an der Brust meiner Mutter konnte ich trinken, weil ich sie zerkratzte und zerschund. Mich zu verstecken war auch nicht so schwer, weil ich ein winziges Kind war, kaum mehr erwartet nach vielen Jahren vergeblicher Versuche, ein Kind zu bekommen. Alle Nachbarn und Verwandten wussten, welche Schwierigkeiten meine Eltern hatten und hatten sich daher schon damit abgefunden, dass hier auf Nachkommenschaft nicht mehr zu hoffen war. Als ich dann kam und als klar war, was für eine fürchterliche Missgeburt ich war, fiel es also leicht zu glauben, dass es nach all den Problemen eine Fehlgeburt gewesen war, und niemand fragte mehr nach dem Kind. Niemandem ging es ab.

So lag ich die ersten Jahre meines Lebens hinter dem Ofen, wuchs nur so schlecht und recht heran, und hörte! Was immer das Leben im und um das Haus, so eintönig es eben war, mir bieten konnte, drang durch meine Ohren in mich ein, und da war Schönes ebenso dabei wie Widerwärtiges, Herzerfreuendes wie Hässliches. Ich hörte ebenso meine Mutter singen, wie ich meinen Vater murmeln hörte, er wünschte, ich würde bald und unauffällig sterben. Ich hörte, wie man den Nachbarn erklärte, dass auf dem Stroh hinter dem Ofen nur ein kleines Tier lebte, das man gesundpflegen wollte. Ich hörte den Hahn krähen. Ich hörte die Spielleute, wenn ein Fest veranstaltet wurde, draußen vor der Türe auf ihren klagenden Dudelsäcken fröhliche Tanzlieder spielen, und da geschah es, dass mir dieses Instrument immer mehr ans Herz wuchs, als klingendes Abbild meines eigenen Lebens: eine Missgeburt aus Holz und Stoff, mit einer Stimme wie der Sterbegesang einer Gans, aber mit der Gabe, die Pantoffel der Mädchen lustig über den gestampften Lehm des Tanzbodens fegen zu lassen. Ja, ich hörte sie tanzen, und der Wunsch, mit ihnen zu tanzen, mit ihnen zu laufen in hölzernen Pantoffeln weithin über Stock und Stein, auf und davon aus meinem missratenen Dasein, diese Sehnsucht wurde immer größer.

So kam es, dass ich, als mein Vater einmal zur Stadt fuhr, um für Frau und Magd Besorgungen zu machen, auch einen Wunsch äußerte: Er solle mir einen Dudelsack mitbringen. Tatsächlich erfüllte er mir den Wunsch. Mit einem Mal war eine dieser zauberischen sterbenden Gänse mein, und das gab mir den Mut, noch einen weiteren Wunsch zu haben: „Lass mir", sagte ich zu meinem Vater, „den Hahn beschlagen und ich will auf ihm fortreiten, dass du mich nie mehr wiedersiehst." Er konnte kaum seine Freude verbergen, mich endlich loszuwerden, und schon nach kürzester Zeit ritt ich auf dem Hahn, den ich so oft krähen gehört hatte, mit klingendem Spiel und einem Gefolge von ein paar Schweinen, die ich im Wald hüten wollte, von dannen.

Aber es tanzten keine Mädchen.

Seit damals, und das ist viele Jahre her, lebe ich hier. Und geändert hat sich kaum etwas. Statt hinter dem Ofen hocke ich auf diesem knorrigen Baum, der nicht einmal den Anstand hat, meine Hässlichkeit hinter großlappigen Blättern zu verstecken. Aber das macht nichts, denn in diesen entlegenen Wald verirrt sich ohnehin niemand, und so tanzen zum Klang meiner Dudelsackmusik auch nur die Schweine mit schabenden Hufen, nur wenn ich die Augen schließe, dann meine ich, dass eine Horde lachender Mädchen um meinen Baum einen Ringelreihen tanzt und zu mir aufschaut in heiterer Bewunderung. Mein Traum!

Traum? Eben bin ich aufgewacht. Was habe ich geträumt? Ein König mit ein wenig Gefolge hatte in meinem Wald den Weg verloren, und als er die wunderschöne Musik hörte, schickte er seinen Diener, um nachzuschauen. Der fand zum Erstaunen seines Herrn nur ein kleines Tier, das aussah wie ein Igel, der auf einem Gockelhahn sitzt, und das auf einem Dudelsack spielte. Dann fragte er mich nach dem Weg zu seinem Königreich. Wie das in Träumen so ist, wusste ich unerklärlicherweise den Weg, aber ich stellte eine Bedingung für meine Hilfe: Das Erste, was ihm bei seiner Heimkehr begegnete, sollte mein sein. Der König war aber einer von der heimtückischen Sorte. Da er der Meinung war, ich könne ohnehin nicht lesen, schrieb er irgendetwas auf einen Zettel und überreichte mir diesen wie ein feierliches Versprechen. In meinem Traum hatten sich meine paar Schweine inzwischen so sehr vermehrt, dass ich glaubte, meinen Vater mit meiner Existenz versöhnen zu können. Ich ging zu ihm hin und erlaubte ihm, für sich und das ganze Dorf so viele Tiere schlachten zu dürfen, wie er wollte. Dann bat ich ihn, meinen Hahn neu beschlagen zu lassen, und mit frischem Mut ritt ich in das Reich des Königs, um ihn sein Versprechen einlösen zu lassen.

Natürlich war in meinem Traum das Erste, was ihm begegnete, seine junge Tochter gewesen, ein schlankes Mädchen mit blondem Haar, das mich in all seiner Schönheit an meine Mutter erinnerte, so wie ich sie als Kind gesehen hatte, wenn ich, ihrem Gesang lauschend, meinen winzigen borstigen Kopf hinter dem Ofen hervorgetreckt hatte, um ein bisschen Anteil zu haben an ihrem Glück und ihrer Fröhlichkeit. Ich liebte die Bewegung ihres Arms, mit der sie sich die langen Haare immer wieder aus dem Gesicht streifte, und ich liebte das Blitzen ihrer Augen, wenn sie durch das Fenster auf die Dudelsack spielenden Burschen geblickt hatte und sich dann wieder herein wandte zu Waschtisch oder Herd. Wenn sie allerdings bemerkte, dass ich hinter meinem Ofen hervorlugte, dann warf sie ihr Haar zornig zurück, schüttelte den Kopf, rief irgend ein böses Wort, das wie ein Fluch klang, formte mit ihren Zeigefingern ein kleines Kreuz vor ihrem Gesicht und streckte es in meine Richtung, und das Leuchten in ihren Augen verschwand. Ich konnte nur ganz heimlich sehen, wie schön meine Mutter eigentlich war.

So schön war auch die Tochter jenes Königs. Aber natürlich hatte ihr Vater den Befehl gegeben, auf jeden zu schießen und mit Spießen einzustechen, der auf einem Hahn reitend mit einem Dudelsack Eintritt verlangte. Das wusste ich im Traum zwar, aber ich ritt trotzdem hin, und sofort begannen die Wachen, wie wild auf mich loszugehen. Da gab ich meinem Hahn die Sporen, dass er mit mir hinaufflog auf das Fensterbrett des Königs, und ich rief mit schrecklicher Stimme (in meinen Träumen habe ich eine wunderbar kräftige, männliche Stimme): „Herr König, wenn Ihr mir nicht gebt, was ich von Euch verlangt habe, dann bringe ich Euch und Eure Tochter zu Tode!"

Der König schien beeindruckt zu sein, denn er schickte mir sofort seine Tochter heraus, mitsamt Pferdewagen, Bediensteten, Gut und Geld. Ich setzte mich mit meinem Hahn neben sie und fuhr aus der Stadt.

In meinem Traum konnte ich förmlich riechen, wie die Prinzessin neben mir duftete. Ihren Duft kannte ich von zu Hause. Wenn meine wunderschöne Mutter und mein Vater, selten genug, zum Tanz gingen, dann durchzog dieser Duft die Stube, und ich konnte hören, wie ein Schrank geöffnet wurde, dann raschelte schwerer Stoff über weiche Haut, und der Atem meiner Mutter ging rascher. Einmal wagte ich es, hervorzugucken, und ich sah gerade noch, wie ein elfenbeinerner Rücken, ein köstlich gerundetes Hinterteil und die längsten Beine der Welt unter fein herabrieselndem Stoff verschwanden.

Sahen so die tanzenden Mädchen aus? Die Brust meiner Mutter habe ich nie gesehen.

Wie der eiserne Griff des Sturms, der ab und zu in den Baum fährt, auf dem ich mit meinem Hahn hocke, laut fauchend, kalt und gnadenlos, so packte mich in dieser Kutsche neben der Königstochter ein rasendes Gefühl von Wut und Verzweiflung. Ich befahl dem Kutscher stehenzubleiben und stieg mit der Prinzessin aus. Mit einer einzigen Bewegung meines Arms, wie meine Mutter, die ihre Haare zurückwarf, riss ich dem überraschten Mädchen das Kleid vom Leib, sodass sie bis auf ihre silbernen Pantoffel nackt vor mir stand. Das war es also! Mir war aus meiner unglückseligen Kindheit so viel Durst geblieben, dass ich die hilflos vor den Leib gehaltenen Arme des Mädchens auseinanderschlug und an ihrer Brust mit tiefen Schlucken zu trinken begann. In meinem Mund verbreitete sich der rostige Geschmack von Blut, denn mit meinem stacheligen Igelfell riss ich der Prinzessin an Hals, Brust und Bauch die Haut auf. Sie schrie, der Hahn krähte, und zu einer Musik, die klang wie ein Dudelsack aus Blech, fuhr die Kutsche, von Holzpferden gezogen, um uns rings herum, rings herum. Dann schrie ich dem blutüberströmten Mädchen zu: "Das ist der Lohn für eure Falschheit! Geh hin, ich will dich nicht!"

Und schreckte auf aus meinem Traum.

Ich will nur still hier sitzen. Kein König soll mich finden. Es hat mich ja auch kein lieber Gott gefunden, denn ich heiße Hans mein Igel.

Wenn aber einer käme, der es ehrlich meint? Der seinen Wachen den Befehl gibt, das Gewehr zu präsentieren und den, der mit Hahn und Dudelsack kommt, hineinzuführen in das königliche Schloss? Der seine Tochter dieser armen Missgeburt zur Frau gibt, und sie gibt sich selbst mit Freuden und voll Dankbarkeit! Ich mache mir meine Geschichte zurecht wie die Märchen, die ein unsichtbarer Erzähler einmal vor dem Fenster unserer Stube den verstummenden Kindern erzählte. Da gab es auch eine Prinzessin, schön wie meine Mutter, und einen hässlichen Knaben, der aussah wie ein Frosch. Sie heirateten, und als die junge Braut ihn küsste, fiel seine schuppige Haut von ihm ab und er verwandelte sich in einen strahlenden Mann, makelloser als alle Prinzen, die je um ihre Hand angehalten hatten.

Mir hat nie jemand solche Märchen erzählt.

Ich erzähle mir, dass mich die freundliche Prinzessin liebevoll an sich drücken will, aber das lasse ich nicht zu, weil ich ihr nicht wehtun möchte. Erst beim elften Glockenschlag betrete ich ihre Kammer und streife langsam meine hässliche Igelhaut ab. Es ist ganz dunkel. Den Dienern habe ich befohlen, die Haut zu nehmen und zu verbrennen. Sie werfen sie also in ein Feuer, und ich bin erlöst. Nur schwarz bin ich jetzt, als ob ich verbrannt worden wäre. Aber der König lässt mich von seinen Ärzten mit guten Salben waschen, und ich bin schön! Ich bin schön! Ich bin schön!

Wenn so ein König sich in meinem Wald verirrt, wie kann er mich nach dem Weg fragen, wo er doch gar nicht weiß, dass ich da heroben hocke mit dem Hahn auf dem Ast des Baumes, in den manchmal der Sturm fährt, wuchtig und wehtuend? Wie kann er mich finden?

Schabt mit euren Hufen, ihr lieben Schweine. Ich will auf meinem Dudelsack spielen, lustig wie eine sterbende Gans. Dass er mich finden kann. Und dass meine Eltern stolz auf mich sind.

# De drei Vügelkens

liegt eines im wasser liegt eines im see rund an der wand
rundwand rundwandern zum licht vom licht zumlicht vomlicht
zumvom lichtlicht sind dreihunderttausendsiebenundsiebenzig
zick zick zack zack drei könige auf der jagd sind drei könige auf
der jagd am montag sind am dienstag sind am donners tonars
sind am montag diens tonars drei vier könige nenne ich
künnege und vögel vügelkens macht künnekens mal vügel ist
drei mal drei künnevügel und plus drei schwestern und sage ich
süstern hüten süstern die kühe süsterküh aber der künneg ist
auf der jagd jagekünne kommt süsterküh und will ich den
künneg und die süster den rechts und den links habe ich viele
süsters rechtesüster und linkesüster und ich künnigesüster
mama mama hat gesagt meine mädchen sind für die künnege
gemacht und kommt schon auf der jagd daher sag süster du
nimm den linken fragt künneg was hat die süster gesagt und die
zweite und die schwierige zahl böse nummern
dreihunderttausendsiebenundeinsiebenzig muss rund an der
wand rundwandern tag und nacht und montag und monacht
und dienstag und diensnacht und tonars oder wer weiß liegt
eines im wasser liegt eines im see ist ja wieder auf der jagd
gewesen hat sein müssen der künneg muss immer sein wenn ich
kinder kriege kleine sohn kleine sohn kleine tochter liegt alle
im see wenn süsters kommen und künneg ist auf der jagd schon
das vielte mal wievielte dreihunderttausendsiebenund-
zweisiebenzig rand rund wand wandern kleines fenster geht
vorbei kleine türe geht vorbei kleines schüsselchen geht vorbei
muss denken muss denken wie süsters noch lieb waren so lieb
bei süsterküh und der künneg fragt was haben die süsters gesagt
und jede kriegt ihren mann ich den künneg ich den künneg und
rechtesüster den rechts und linkesüster den links sind schön die
süsters ich bin auch schön kleines fenster geht vorbei aber hoch
oben kann keiner sehen wie schön ich bin und schneide die
haare nicht und trage die krone nicht denn der künneg ist böse

liegt eines im wasser liegt eines im see aber die fischer die fisker die fisken am see müssen finden die kinderkens kindefinde findekinde jedes jedes jahr war der künneg auf jagd und kriege ein kind nehmen 's die süsters und schon liegt eines im wasser sing vügelken sing steig und sing das erste kind montag dienstag tonars dreihunderttausendsiebenunddreisiebenzig muss rund muss wand aber der künneg glaubt ich habe einen hund jedes jedes jahr muss auf die jagd auch bei anderem kind nehmen 's die süsters und schon liegt eines im see aber fisker ja fiskerfisken kinderfisk und schau ein vügelken singt steigt und singt das zweite kind monnacht diensnacht tonars und dann das mädchen mädeken ist doch künneges mädeken aber die süsters nehmen es weg fiskerkind liegt eines liegt eines und vügelken schau steigt und singt muss an wand fenster vorbei türe vorbei schüsselchen dreihunderttausendsiebenundviersiebenzig ich bin schön ich bin schön am diens bringen sie wasser bringen sie wasser am bringen sie am tonars bringen sie hat die künnegin eine katze hat zwei hunde gekriegt und der künneg wird böse weil er keine kinderkens hat nur im wasser im see und fisken die fisker die kinderkens und steigen und singen die vügelkens und singen kindervügel finder der fisker ich habe früher gedanken gehabt ich habe tage gehabt mon diens tonars und dann noch drei vier böse zahlen drei vier und und hat alle die wand genommen muss lange zeit wand rund muss wandern an fenster an türe schüsselchen und ich bin die schöne künnegin dreihunderttausendsiebenundfünfsiebenzig wenn der findesohn der fiskerfinde der erste an das große wasser kommt welche frau will ihn tragen und den zweiten finde und das mädeken ist keine katze ist kein hund ist ein vügelken will auch einen künneg haben nimm keinen künneg mein kind künneg ist böse wenn du auf seiner jagd die kinderkens kriegst liegt eines im wasser liegt eines im see weil die süsters darfst keine süsters haben darfst nicht süsterküh hüten nicht hütesüster tonars und was kommt dann fenster an türe an schüsselchen da habe ich noch gedacht und denke denke wenn das vügelken singt von finde und fisker dass der künneg keine hunde hat und kein katz was denken wir dann dreihunderttausendsiebenundsechs-

siebenzig zick zack dann bin ich nicht mehr schön nur süsters
sind schön und wer denkt an mich wer denkt an künnegin muss
rund an wand wandrunden schüsselchen also schüsselchen am
tonars am am bringen sie wasser bringen sie see steht daneben
ein findefisk ein sohn und die vügelkens steigen und singen sing
leise ist böse der künneg steckt seine frau in das runde zimmer
runde wandzimmer wandrundzimmer muss die künnegin
denken und wandern habe immer gedacht und zahlen gewusst
drei und dann und dann tage gewusst mon tag und nacht
gewusst diens tonars nacht wenn fenster finster wenn finster im
fenster kein schatten auf dem schüsselchen und die künnegin ist
allein schön allein rund an der wand wandert rundwandert
wund liegt eines im wasser liegt eines im see gib vügelken
wasser dreihunderttausendsiebenundsiebensiebenzig

# Jungfrau Maleen

Habe ich recht gehört? Kündigt sich da vielleicht ein glückliches Ende an, an dessen Zustandekommen eigent-lich nicht mehr zu glauben war? Kann es wirklich sein, dass meine Prinzessin, wahrscheinlich zum ersten Mal in ihrem Leben, absichtlich oder unabsichtlich, etwas richtig gemacht hat? Richtig gesagt, genaugenommen; unser Dialekt ist nun einmal nicht jedermanns Sache, und selbst als meine Prinzessin der anderen, Hässlichen, ihren Spruch wiederholte,

„Brennettelbusch,
Brennettelbusch so klene,
wat steist du hier allene?
Ik hef de Tyt geweten,
da hef ik dy ungesaden,
ungebraden eten."

- selbst als sie ihr diesen Spruch wiederholte, war alles, was im Gesicht der Braut stand, Unverständnis und Ratlosigkeit. Es ist ja auch wirklich nichts Alltägliches, einen Brennnesselbusch, der am Weg zur Kirche steht, anzusprechen, egal in welcher Sprache. Und doch hat uns so manche Brennnessel unterwegs das Leben gerettet, in diesen kriegsversehrten Ländern, in denen jeder auf sein eigenes Überleben schauen musste und nichts übrig hatte für zwei zerlumpte Mädchen, von denen eine einem Traum nachhing und die andere sieben verlorenen Jahren.

Ich persönlich finde ja, dass kein einziger Mann es wert ist, seinetwegen sieben Jahre in einem Turm zu ver-bringen. Sieben Jahre ohne nennenswertes Licht, sieben Jahre mit genau vorausberechneten Lebensmittelvorräten, deren ständig schrumpfende Menge wie ein Kalender für uns war; sieben Jahre abgestandenes Brunnenwasser, sieben Jahre ohne Jahres-zeiten, weil die dicken Mauern weder Wärme noch Kälte durchließen; sieben Jahre in den selben Kleidern, sieben Jahre ohne Ansprache von anderen Menschen, ohne Musik und Tanz, ohne Bücher oder die Möglichkeit, wenigstens einfache Handarbeiten zu verrichten. Und für mich, strafverschärfend, sieben Jahre in der Gesellschaft einer der dümmsten Prinzessinnen, die es je auf diesem Erdenrund gegeben hat.

Man muss sich das vorstellen: Ein Vater und eine Tochter, er ein halbwegs mächtiger König und sie sein verzogenes Kind. Dann kommt irgendein ebenso schlecht erzogener Prinz, der außer schön nur schön ist, und die siebzehnjährige Königstochter, die außer ihrem Beichtvater noch keinem männlichen Wesen näher gekommen ist als drei Meter, rastet komplett aus. Was dann folgt, ist logisch: Der Vater, stur, lehnt aus politischen Gründen den hergelaufenen Prinzen ab, weil er schon einen anderen Bräutigam für seine Tochter ausersehen hat. Sie, genauso stur, nimmt keinen anderen und behauptet, nur diesen heiraten oder sterben zu wollen. Die Situation schaukelt sich auf, von Diskussion zu Diskussion werden die beiden unnachgiebiger, bis der Alte, bis aufs Blut gereizt, droht, seine Tochter für sieben Jahre in einen Turm zu sperren, um ihren Trotz zu brechen.

Also wie gesagt, kein Mann auf der ganzen Welt ist es wert, auch nur drei Tage in einem dunklen Turm zu verbringen. Ich habe doch so viele gehabt. Sie sind manchmal eine kleine Lüge wert, gelegentlich eine, wie man sagt, Sünde. Man verwendet sie und gibt ihnen das Gefühl, dass sie einen verwendet haben, denn das ist gut für den männlichen Stolz. Irgendwann heiratet man dann einen, weil der Mensch nach Häuslichkeit und Fortpflanzung strebt, aber sich in einen Turm sperren zu lassen, weil man sich von der ganzen großen Auswahl an Männern ausgerechnet diesen einen einbildet, das ist höherer Wahnsinn. Und dann kommt der König auch noch auf den irrwitzigen Gedanken, seiner Tochter eine Gesellschafterin mit in den Turm geben zu müssen. Standesbewusstsein selbst im Augenblick der Vernichtung! Oder er empfand doch so etwas wie Mitleid und wollte der Prinzessin wenigstens die Möglichkeit geben, sich mit jemandem zu unterhalten. Das muss der einzige

Grund gewesen sein, denn zur Bedienung brauchte sie in ihrem Gefängnis wirklich niemanden. Nicht einmal zum Aus- und Ankleiden, denn sie hatte ja nur das mit, was sie am Leib trug. Was hätte ich ihr also ausziehen beziehungsweise anziehen sollen? Ich zog sie zu Beginn wohl einige Male aus, weil wir damals noch der Meinung waren, durch gelegentliches Waschen der Kleider in dem brackigen Brunnenwasser ein kleines Restchen Menschenwürde aufrechterhalten zu können. Wir versuchten auch, so zum Spaß, die Kleider zu tauschen, aber das war schwierig, denn sie hatte mit ihren siebzehn Jahren, ihrer gesundheitsbewussten Ernährung und ihrer keuschen Lebensart sehr kleine Brüste, sodass meine eher voluminöse Oberweite sich nicht in ihr Prinzessinnengewand pressen ließ. Aber als Zeitvertreib reichten die Verkleidungs-versuche zumindest für einen halben Tag.

Was ist ein halber Tag gegen sieben Jahre? Irgendwann gehen dir die Lieder aus, alle Rätselfragen sind gelöst, alle Geschichten erzählt. Noch dazu, wenn man so wenig Phantasie und wohl auch so wenig Lebenserfahrung hat wie meine Prinzessin. Und ich saß da mit meinen Träumen von kernigen Burschen in saftigen Wiesen und im duftenden Heu, von frisch gewaschener Wäsche, die sich im sommerlichen Wind bauscht und zwischen der man so herrlich Fangenspielen kann; ich träumte von glucksenden, kreiselnden Bächen, die meine heißen Füße kühlten, und in Wirklichkeit war nichts um mich her kalt und nichts heiß, bis ich selbst lauwarm zu werden begann. Ich hörte auf, mein Herz zu spüren. Sieben Jahre! Wegen einem Mann!

Als unser Lebensmittelkalender uns anzeigte, dass die Zeit um sein müsste, sich aber noch immer kein befreiender Hammer-schlag hören ließ, als wir also ziemlich sicher waren, dass kein Mensch an unsere Befreiung dachte, begannen wir, mit dem Brotmesser ein Loch in die gewaltige Mauer zu kratzen. Es dauerte lange und wir hatten die Hoffnung auf unser Überleben schon fast aufgegeben, aber eines Tages war es doch soweit: Ein erster dünner Lichtstrahl drang in unser so vertraut gewordenes

Gefängnis. Wie die Irren arbeiteten wir an der Erweiterung der Öffnung, fast blind von der ungewohnten Helligkeit und von unseren Tränen. In der ersten Zeit hatten wir natürlich viel geweint, dann waren unsere Tränen versiegt, aber der erste Lichtstrahl in unserer Zelle öffnete wieder alle Schleusen, er hatte uns wieder in normal empfindende Menschen verwandelt. Und so schabten und kratzten wir, bis wir, allerdings mühsam, aus dem Turm schlüpfen konnten.

Wir blickten uns um. Es verschlug uns den Atem.

Wir standen in einem wüsten Haufen aus Steinen und Mauerresten, unser Turm war das Einzige, was von dem Schloss unseres Königs noch stand, auch er überwuchert von wildwachsendem Gestrüpp, die Gärten sichtlich seit Jahren ohne pflegende Hand, die nahe Stadt eine Ansammlung von rußgeschwärzten Ruinen, die Felder brach, abgeholzt der Wald, und nirgends ein Mensch, kein Pflug, kein zahmes Tier. Der Krieg war dagewesen, hatte seine rauchende Spur über das Land gezogen, alles war getötet oder vertrieben, und nur wir hatten in unserem Turm überlebt. Wie viele verzweifelte Schreie waren wohl an die Mauern unseres Gefängnisses geschlagen, während wir drinnen unsere sinnlosen Spiele spielten, wieviel Blut war um uns her vergossen worden, während wir versuchten, uns noch auf dieses oder jenes Lied zu besinnen. Wir hatten Geheimsprachen entworfen, während hier jede menschliche Verständigung gescheitert war. Inmitten unermesslichen Leides hatten wir von ewigem Frühling geträumt, zwischen Waffengeklirre und sterbenden Kriegern hatte ich von Liebesnächten geschwärmt, und meine Prinzessin hatte wohl zum tausendsten Male ihren Vater verwünscht, und dieser war schon längst verjagt oder umgebracht. Ich weiß bis heute nicht, was aus ihm geworden ist.

Das war die Realität, die uns umfing, als wir aus unserem Turm stiegen. Fast war man versucht, wieder zurückzusteigen, das

Loch dicht zu verschließen und weiter zu träumen und zu spinnen.

Doch der Mensch will leben, er will Licht und Gesellschaft. So sehr ich mich meiner Prinzessin in Treue ergeben fühlte, so sehr ging sie mir doch im Lauf der Jahre auch durch ihren Mangel an Intelligenz auf die Nerven. Das war vielleicht für mich die stärkste Triebfeder, mich inmitten dieser niederschmetternden Ausblicke zusammenzureißen, mein heulendes Elend von Prinzessin am Arm zu nehmen und den Versuch zu wagen, irgendwo Menschen zu suchen.

Wir suchten lange.

Der Krieg hatte die Leute misstrauisch und unmenschlich gemacht. Wo immer wir unsere Dienste anboten oder auch nur um ein Almosen bettelten, wurden wir abgewiesen, nicht selten sogar mit der Waffe in der Hand. So blieb uns gar nichts anderes übrig, als unseren Hunger selbst an Brennnesselstauden zu stillen.

Irgendwann, irgendwie gerieten wir in dieses Königreich hier. Es wird einem manchmal schwergemacht, zu entscheiden, ob man an Gott oder an den Zufall glauben soll. Denn man bereitete sich hier gerade auf die Heirat des Erbprinzen mit irgendeiner auswärtigen Königstochter vor, der der Ruf vorauseilte, ein Ausbund an Hässlichkeit zu sein. Und der erwähnte Erbprinz war - ob man es nun glauben mag oder nicht – ausgerechnet jener schöne Jüngling, an den meine Prinzessin vor sieben Jahren ihr ganzes Herz gehängt hatte, sodass sie sogar bereit war, für ihn in den Turm zu steigen. Noch dazu ohne Fenster, sodass sie nicht einmal die Möglichkeit gehabt hätte, ihr Haar für ihn hinunterzulassen. Man hatte uns am Königshof Arbeit als Aschenputtel gegeben, wir beschäftigten uns an Öfen und Herden, und so wurde meine Prinzessin auch eines Tages von der hässlichen Braut des Prinzen wahrgenommen. Ihre Schönheit fiel ihr wohl auf, gleichzeitig aber gab ihr die extrem niedrige Stellung meiner Prinzessin die Sicherheit, sich auf kein Risiko einzulassen, als sie ihr auftrug, statt ihrer zur Hochzeit in die Kirche zu ziehen, weil sie selbst sich für ihre große Hässlichkeit schämte.

Meine Prinzessin sträubte sich, ich hätte es vielleicht auch getan. Aber als die Hässliche mit der Todesstrafe drohte, gab sie ihren Widerstand auf, ließ sich das Brautkleid überstreifen und ging unter dem Jubel des Volkes zur Trauung in die Kirche.

Ich kenne die Blicke der Männer. Es gibt den gelangweilten „Gut für eine Nacht"-Blick. Es gibt den Blick, der gleich von Anfang an sagt, dass sich mit der nichts abspielen wird. Es gibt Blicke, die dir die Kleider ausziehen in ihrer Direktheit, es gibt ängstliche Blicke und überhebliche, selbst den Blick, mit dem dir ein Mann sagt, dass er dich am liebsten am nächsten Ast aufknüpfen würde, habe ich kennengelernt. Ich kenne die Blicke der Männer.

Aber den Blick so abgrundtiefer Überraschung, so echter Liebe, wie ich einmal sagen möchte, den sah ich zum ersten Mal, als der Prinz die falsche Braut erblickte, von der er nicht wusste, dass sie die Falsche war, denn er hatte seine Braut noch nie gesehen; auch wieder so ein Detail fürstlichen Lebens, das ich wohl nie verstehen werde. Ja selbst das Sehen würde mir nicht genügen. Ich muss einen Mann, den ich heirate, vorher gespürt haben, ich muss an seiner Brust gelegen sein, ich muss wissen, wie er riecht, seine flüsternde Stimme muss meinen Ohren vertraut sein. Dann entscheide ich mich.

Der Prinz aber hatte seine Braut noch nie gesehen. Sonst wäre sie vielleicht sowieso nicht mehr seine Braut. Er schaute meiner Prinzessin ins Gesicht, und da sah ich diesen Blick. Ein plötzliches Erkennen, ein Nicht-Glauben, da er sie ja für verschollen oder lange tot halten musste, ein langer Moment des Zweifels, und eben die Liebe, denn die braucht nicht lange, um in den Blick eines Mannes einzuziehen. Sie springt an wie ein Funke und lässt seine Pupillen nicht mehr los und seine Augen werden heller. Ich kenne die Blicke der Männer.

Man zog dann feierlich zur Kirche, und wenige Meter vor dem Tor muss meine Prinzessin wohl in unserem Dialekt diesen Spruch zu dem dort wachsenden Brennnesselbusch gesagt haben. Ich glaube, sie sagte auch zu der Kirchentüre irgendetwas ganz Leises, niemand konnte es verstehen. Dann legte ihr der Bräutigam ein kostbares Geschmeide um den Hals, und sie betraten die Kirche, wo sie tatsächlich getraut wurden.

Alles Weitere kann ich mir denken. Der Prinz, neugierig geworden, wird dann später, nachdem die beiden Frauen ihre Kleider wieder vertauscht hatten und die echte Braut verschleiert neben ihm saß, gefragt haben, was sie denn zu dem Brennnesselbusch gesagt habe. Sie hatte natürlich keine Ahnung, wollte sich aber keine Blöße geben, und deshalb ist sie soeben hier hereingestürmt und hat meine Prinzessin nach ihrem Spruch gefragt. Und die ist doch tatsächlich so naiv und verrät ihr den Spruch, statt sie dumm sterben zu lassen und sich augenblicklich als die Jungfrau Maleen zu erkennen zu geben, die den Prinzen seinerzeit so geliebt hat.

Aber, wie gesagt, es besteht Hoffnung. Denn vielleicht wird er auch wissen wollen, was sie zu der Kirchentüre gesagt hat. Und vielleicht - darauf vertraue ich ganz fest - wird er sehen wollen, wie gut seiner Braut das Halsgeschmeide steht, und dann wird er daran diejenige erkennen, die ihm in der Kirche angetraut worden ist.

Es gibt so etwas wie ewige Gerechtigkeit. Ich gönne sie meiner Prinzessin. Nach sieben Jahren in einem dunklen Turm hat selbst sie sich einen Prinzen verdient. Mag der Vergleich der Intelligenzquotienten auch leicht zu seinen Gunsten ausgehen, so passen sie doch irgendwie zueinander, und ihre allenfalls entstehenden Kinder werden keinen übermäßigen Schaden davontragen.

Mich selbst haben die sieben Jahre im Turm, wie gesagt, lauwarm gemacht. Ich gehe auf die Dreißig zu, bald bin ich alt. Und dass ich keine alte Jungfer im echten Sinn des Wortes werde, dafür haben ohnehin seinerzeit genug kernige Burschen gesorgt, in Heu und Flur und Wald. Was soll's?

# Das kluge Gretel

Er ist selbst schuld, mein werter Herr. Man lädt sich keine Gäste ein, die dann unpünktlich sind. Ich kenne das doch: Wenn meine Hühner dann angebrannt wären, würde es wieder heißen, die Köchin ist schlecht, sie hat das gute Essen verdorben. Also weg mit dir, mein gutes Huhn! Das zweite wird mir sicher nicht schlechter schmecken als das erste. Man zwingt mich ja förmlich dazu.

Sicher, das allererste Flügelchen hätte ich nicht unbedingt essen müssen. Aber wenn es einen so knusprig ansieht und sein Duft so verführerisch um die Nase fährt, wer kann da schon widerstehen? Vor allem, wenn der Herr aus dem Haus ist.

Mein Herr ist ja so gut. Habe ich jetzt wirklich "Herr" gesagt? Urkomisch. Das muss der Wein sein. Komm, du edler Tropfen! Oh, schon leer? Na ja, auf einen dritten Krug wird es auch nicht mehr ankommen.

Also - mein Chef ist ja so gut. Und so reich! Darum kann er sich eine Köchin halten. Mich. Ein herrlicher Beruf! Als wäre mir diese Karriere schon an der Wiege gesungen worden. So weit ich mich zurückerinnere, war mein Leben (schon als Kind) eine einzige Abfolge von Kosten und Abschmecken, von Würzen und Süßen, vom Vertilgen all dessen, was nach der Tafel übriggeblieben war. Ich war also immer schon recht stattlich. Das finde ich schön. Ich weiß nicht, was die Leute an diesen hageren hohläugigen Damen finden, bei denen man ständig Angst haben muss, dass sie irgendwo auseinanderbrechen. Rund und gesund, und rote Wangen, das ist meine Devise. Prost, Gretel!

Ich will mich ja nicht selbst loben, aber dieses Hühnchen schmeckt fast noch besser als das erste. Wahrscheinlich, weil es noch ein paar Minuten länger am Spieß gehangen ist. Zwei hatte mein Chef für heute Abend bestellt, denn ein Gast sollte kommen. Also, wenn er mich einladen würde, müssten es mehr als zwei sein. Deshalb lädt er mich wahrscheinlich nie ein.

Ja, als gewissenhafte Köchin habe ich mir natürlich einen genauen Zeitplan zurechtgelegt. Dann war es sechs Uhr, und kein Gast war da. Ich habe meinen Chef gewarnt. "Die Hühner wären dann soweit", sagte ich. Daraufhin beschloss er zu gehen und den Gast abzuholen. Seither ist er weg. Und der andere noch nicht da.

Zunächst holte ich die Hühner einmal vom Feuer. Um die Zeit zu überbrücken, schenkte ich mir einen Krug Wein ein und nahm ein paar kleine Schlückchen. Dann, als sich immer noch nichts in Sachen Gast tat, hängte ich die Spieße wieder ein, denn es bestand die Gefahr, dass die edlen Vögel zäh werden könnten. Wieder schaute ich aus dem Fenster; ich habe ihnen ja wirklich eine faire Chance gegeben! Aber dann - mein Gott, wie gesagt, und andererseits, auf die beiden kleinen Flügelchen wäre es den beiden Herren doch wirklich nicht angekommen.

Da auch ein Geflügel den Magen belastet, wenn es nicht schwimmt, musste ich wieder etwas trinken. Um aber nicht rasch beschwipst zu werden, musste ich wiederum eine feste Unterlage schaffen. Und kein Herr da, und kein Gast. Ich stand also unter mehrfachem Zwang. Das ist ja das Schreckliche bei uns armen Köchinnen. Man verlangt von uns die feinsten Soßen, den leckersten Braten, die herzhaftesten Tortencremes, und wenn sie dank selbstlosesten Einsatzes so gelingen, wie sie sollen, singt man uns „Hoch soll sie leben" und vergisst, dass die zweite Strophe „Dick soll sie werden" heißt. Und dann gibt es noch Leute, die über uns spotten. „Seht euch doch die fette Gretel an! Schlecht geht es der nicht. Ihr eigener Herr ist ja nur halb so viel wie sie, da sieht man wieder, wohin das führt, wenn einer keine Frau hat, die darauf achtet, dass sich das Gesinde nicht auf des Herrn Kosten vollfrisst."

Sollen sie nur spotten. Ich werde noch über sie triumphieren, wenn sie mit ihren ausgemergelten Körpern in härteren Zeiten keine Reserven mehr haben, von denen sie zehren können.

Also komm, du blöder Vogel, weg mit dir, dein Bruder will Gesellschaft haben. Gelungen bist du ja wirklich, das muss ich sagen, ohne mich selbst übermäßig loben zu wollen. Es könnte ja sein, dass mein Chef und sein Gast es sich anders überlegt haben und unterwegs eingekehrt sind. Das würde ihnen durchaus ähnlich sehen. Und was wäre wieder einmal die Folge? Die arme Köchin müsste das stehengebliebene Mahl verzehren, ganz gleich, ob es ihrem geknechteten Körper zuträglich ist oder nicht. Ich tue das halt jetzt schon, und nicht erst dann, wenn das Essen kalt, fade und schwer verdaulich geworden ist. Prost! Dicke Gretel, kluges Kind!

Und wenn Chef und Gast doch noch kommen? Ganz einfach: Man nehme ein Quäntchen Schlauheit, rühre eine Messerspitze Unverfrorenheit darunter, bestreiche die beiden Herren damit und warte, bis sie im eigenen Saft gar geworden sind. Wenn der Chef das Tranchiermesser wetzt, werde ich dem Gast einreden, dass der Chef ihn erstechen will. Wenn der davonrennt, werde ich dem Chef einreden, dass der Gast die beiden Hühner gestohlen hat. Wenn der dann dem anderen nachläuft, mitsamt seinem Tranchiermesser, wird der eine mir glauben, dass er umgebracht werden soll, und noch schneller rennen, und der andere, dass die Hühner wirklich gestohlen worden sind, und auch noch schneller rennen.

Blödsinn! Ich werde noch einen Krug Wein trinken, und wenn die beiden kommen, werde ich ihnen fröhlich lachend ins Gesicht hauchen, vor ihren Augen einen Berg Hühnerknochen in die Mülltonne kippen, und ihnen den „Goldenen Hirsch" empfehlen. Dann werde ich ihnen die Türe vor der Nase zuwerfen.

Entlassen kann mich mein Chef nämlich ganz bestimmt nicht. Ich habe mich allein schon mit meiner venezianischen Krabben-Lauch-Soße für ihn unverzichtbar gemacht.

# Spindel, Weberschiffchen und Nadel

Schönes Gewand und nichts dahinter! Und wie die weißen Federn noch wippen dort in der Ferne an seinem Hut, der ihm vor lauter Galopp fast vom Kopf fällt! Ach was, Fenster zu und nicht länger nachgeschaut! Ich habe Wichtigeres zu tun. Die Bestellungen häufen sich nur so, seit sich die Qualität meiner handgearbeiteten Tücher, Hauben und Decken herumgesprochen hat. Na ja, ein bisschen stolz darf ich schon sein! Schließlich habe ich aus dem geringen Erbe, das mir meine Patin hinterlassen hat, das Beste gemacht.

Die liebe Patin! Nimmt mich als winziges Kind wie eine Tochter zu sich, nachdem meine Eltern beide verstorben waren. Genaugenommen habe ich alles, was ich kann, weiß und besitze, von ihr. Dort in der Ecke, unter dem Kruzifix, liegen noch das alte Weberschiffchen, die Spindel und die Nadel, die sie mir vermacht hat. Natürlich verwende ich inzwischen moderneres Gerät, aber irgendwie kommt es mir vor, als ginge von den alten Gebrauchsgegenständen ein Segen aus, der mir alles, was ich beginne, so flott und leicht von der Hand gehen lässt, wie es mir die gute Patin vor ihrem Tod wünschte.

Vielleicht hätte sie mir auch einen Prinzen zum Mann gewünscht; in bester Absicht natürlich, denn man meint ja immer, einem Mädchen könne nichts Besseres passieren als von einem Prinzen entdeckt und geheiratet zu werden. Die Leute lesen zu viele Märchen und billige Romane! Sie übersehen dabei, dass die darin vorkommenden Prinzen eigentlich außer einem schönen Gesicht, einem weißen Pferd, großem Reichtum, den sie nicht einmal selbst erarbeiten mussten, und ab und zu einem glücklichen Schwertstreich nichts zu bieten haben. Wo ist jemals von Intelligenz die Rede? Wo muss sich so ein Prinz jemals wirklich bewähren in Situationen, die wahre Lebenskunst erfordern würden? Hat schon jemand etwas von einem Prinzen mit Hausverstand und echter Durchsetzungskraft gelesen? Aber die Mädchen, denen so ein Märchenprinz gefällt, passen sowieso meistens gut dazu. Ich gönne all diesen erküssten, erwunschenen und aus der Asche gelesenen Röschens, Wittchens und Punzelchens eine jahrzehntelange Ehe mit ihren ach so heiß erträumten Männern, deren Horizont nicht weiter reicht, als sie vom Turm ihres väterlichen Schlosses einen Stein werfen können. Ich wünsche ihnen viele Kinder, hauptsächlich natürlich Söhne, die die einst so schlanken Bräute zu fülligen Matronen werden lassen, deren einziger Ruhm darin besteht, neue Generationen von wunderschönen Prinzen hervorgebracht zu haben, damit sich das Räderwerk weiter drehen kann, damit immer wieder neue Scharen von unbedarften Mädchen sich nach ebensolchen Helden sehnen können, von deren Liebschaften wiederum gesungen und geschrieben wird, auf dass der Hunger nach einem Bräutigam von blauem Geblüt nie aussterbe.

Unser Prinz hier, der soeben, wippenden Hutes und eine kleine Staubfahne hinter sich herziehend, am nahen Horizont verschwunden ist, bildet keine Ausnahme. Seit Tagen schon hängen die Plakate an allen verfügbaren Wänden, in Schaufenstern und an Wirtshaustüren im ganzen Reich.

Reich! Da muss ich aber lachen! Von Grenze zu Grenze nicht einmal ein halber Tag zu Pferd, und das im Quadrat. An den Stammtischen spotten sie oft und sagen, ein Reiter, der sich im Galopp unserem Land nähert und an der Grenze zu bremsen beginnt, kommt erst als Ausreisender am anderen Ende zum Stehen. Und ein durchschnittliches Bienenvolk, so wird gewitzelt, brauche zum Überleben eine größere Blumenwiese als unser ganzes Land beinhalten könne.

In diesem Riesenreich also hängen seit Tagen die Plakate: Der Sohn des Königs suche eine Braut. Eine Arme dürfe er nicht nehmen, eine Reiche wolle er nicht haben, und so suche er diejenige, die zugleich die Reichste und die Ärmste sei.

Wie haben sie sich da herausgeputzt, die Bettelmädchen in unserem Land, mit Blütenkränzen und geborgtem oder gestohlenem Flitter. Doch während ihr Anblick wenigstens noch etwas Rührendes hat, sind die Reichen wirklich nur zum Lachen. In Sack und Asche, mit zerzaustem Haar stellen sie sich zur Schau, nur um zugleich arm und reich zu sein. Manche sollen sogar den Großteil ihres Besitzes verschenkt haben in der Hoffnung, dann in die vom Prinzen erwünschte Kategorie zu passen. Dass man mit Bescheidenheit, mit normalem, fleißigem Betragen und mit Zufriedenheit arm und reich gleichzeitig sein kann, hat keine von ihnen durchschaut. Auch der Prinz nicht. Der reitet auf seinem weißen Pferd mit wippenden Hutfedern durch das Land, ohne zu wissen, was er eigentlich sucht. Mich sucht er sicher nicht. Ich kann kein goldenes Garn spinnen, besitze keine Zaubernadel und werde ihm nicht den roten Teppich ausrollen, auf dem er in meine kleine Behausung schreiten kann, um festzustellen, dass sich unter meiner ärmlichen Fassade ein an Gefühl und Lebensfreude reicher Mensch verbirgt.

Wie wäre es denn, wenn er mich erwählte? Lohnt sich so ein Gedankenexperiment? Warum nicht? Also: Ich müsste vermutlich meine Arbeit aufgeben oder höchstens ab und zu, im dumpfen Schloss von neidischen Hofdamen umgeben, ein Paar Söckchen für den Stammhalter häkeln. Oder würde er so aufgeschlossen sein, durch die Heirat mit mir eine Allianz zwischen Aristokratie und dem Kleingewerbe zu schließen? Würde er mit meiner Hilfe eine verstaatlichte Textilindustrie ins Leben rufen? Würde er damit womöglich all den armen Mädchen, die jetzt mit dem geliehenen Flitter am Straßenrand stehen, zu gesicherten Arbeitsplätzen verhelfen? Ich würde all mein von der Patin erworbenes Wissen und Können einsetzen. Dann würden andere Plakate an den Hausecken und in den Schaufenstern kleben: „PRINZ-TEXTIL - ein königliches Gefühl!" Oder: „Heirat? Wenn schon unter die Haube, dann muss sie von PRINZ sein!" Und die Leute würden haufenweise in unser kleines Reich strömen, um die anerkannte Qualität ab Werk zu erwerben. Vielleicht würde sich auch am Lesestoff der sensationshungrigen jungen Damen etwas ändern; keine Geschichten mehr von lahmen Prinzen, die auf ebensolchen Pferden angebliche Jungfrauen aus gläsernen Särgen befreien; nichts mehr über unentschlossene Regentensprösslinge, die nicht wissen, ob sie eine Arme oder eine Reiche haben wollen; sondern den Erfolgsbericht von einer Frau, die, mit nichts anderem bewaffnet als mit Nadel, Weberschiffchen und Spindel, aus einem kleinen Reich ein großes Imperium machte, ein Land, in dem jeder und jede arbeitsam und zufrieden lebt und es den Unterschied zwischen Arm und Reich nicht mehr gibt.

Ist er noch zu sehen? Aber nein, selbst die längsten Federn an seinem Hut sind wippend hinter dem nahen Horizont verschwunden. Einen weiten Horizont gibt es in unserem Reich nicht. Jetzt aber flott mit Garn und Wolle! Die Aufträge stapeln sich, und niemand wartet gerne. Auf ein Paar Strümpfe ebenso wenig wie auf einen Prinzen. Der Gute wird vielleicht irgendeine Braut finden, die ihm passt.

Eine langweilige.

Ob er auf dem Rückweg wohl wieder vorbeikommt?

# Allerleirauh

Jetzt wird der Koch zum König gerufen. Natürlich hat er Angst, dem König habe seine Suppe nicht geschmeckt. Natürlich beschuldigt er mich, eine schlechte Suppe gekocht zu haben. Es war ja immerhin das erste Mal, dass er mich zu einem anderen Zweck an den Herd heranließ als um die Asche zusammenzukehren.

Aber ich weiß es besser. Meine Brotsuppe war gut, sie muss dem König geschmeckt haben. Ich hatte ja die besten Lehrmeister, damals, als ich selbst noch königlich war. Zwar hatte mein Vater, so wie alle stolzen Könige, nie ernsthaft erwartet, dass ich die Arbeit des Kochens jemals würde ausüben müssen, aber es gehört halt zur Tradition, dass auch Prinzessinnen alle Fertigkeiten, die einer Hausfrau zukommen, erlernen. Ich finde das gut so, und ich bin stolz darauf, mir ein Kleid säumen zu können, ohne mich fünfmal in den Finger zu stechen, in der Stube Feuer anheizen zu können, ohne dass es immer wieder ausgeht und ohne dass der ganze Raum erfüllt ist von Qualm und Gestank; und eben stolz darauf, so kochen zu können, dass es selbst hohen Herren schmeckt.

O Vater, mein Vater, was hast du aber mit meinem Stolz gemacht! War es Staatsraison oder frevlerische Begierde, die dich dazu trieb, mich zu verfolgen mit unerfüllbaren Wünschen, bis mir nichts anderes mehr übrigblieb als die Flucht zu ergreifen vor einem Zuhause, das wie eine Falle über mir zuzuschnappen drohte, die Flucht vor dem eigenen Vater, der in mir nur mehr das Ebenbild der Mutter sah?

Die Dichter und Sänger des Reiches schrieben über sie als „die Frau mit goldenen Haaren" und sie sei „so schön, dass sich ihresgleichen nicht mehr auf Erden fand". Aber sie starb so früh! Und auf dem Totenbett soll sie meinen Vater beschworen

153

haben, keine Frau mehr zu nehmen, es sei denn, sie wäre ebenso schön wie sie. Was hat sie sich dabei nur gedacht? Was konnte es ihr, wenn sie tot war, nützen, dass ihr Gemahl nur mehr nach goldenem Haar Ausschau hielt, das dem ihren glich? Was hatte sie denn davon, dass der verwitwete König nach einer langen Zeit der Trauer sich immer mehr umsah nach einer, die ihre glatten Wangen hatte, ihre dunklen Augen und ihren hohen Wuchs? Denn dass er sich wieder verheiraten sollte, das wussten seine Minister und Berater ihm schon einzureden. Er aber fühlte sich an das Versprechen, das er ihr gegeben hatte, gebunden, und daher war ihm keine recht, wenn sie auch noch so klug und schön war. Diese war zu klein, jene hatte dunkles Haar, wieder eine andere hatte zu rote Wangen, ein zu spitzes Kinn, zu breite Füße oder was weiß ich!

Dann wurde ich achtzehn.

Lieber Gott, konnte ich denn anders, als, nachdem alle meine Listen nichts gefruchtet hatten, davonzulaufen bei Nacht und Nebel? Was anderes hätte ich denn tun sollen, um meinen Vater davon abzuhalten, die schwerste Sünde auf sich zu laden, die es, außer einem Mord, gibt? Er hätte doch tatsächlich mich geheiratet, nur weil ich das Goldhaar der Mutter und überhaupt ihr ganzes Aussehen geerbt habe.

Zuerst war ich einfach sprachlos vor Entsetzen. Dann verfiel ich auf eine List. Ich wusste aus alten Sagen, dass Königstöchter, die eine Heirat scheuen, sich ihre Freier durch unerfüllbar schwierige Bedingungen vom Leibe halten. Ich knüpfte mein Einverständnis zu der sündhaften Ehe an Wünsche, von denen ich sicher war, dass sie ein uneinnehmbares Bollwerk darstellen würden. Konnte ich ahnen, dass es meines Vaters getreue Mägde tatsächlich schaffen würden, ein Kleid zu nähen, das so golden wie die Sonne ist, ein zweites, so silbern wie der Mond, und ein drittes, das wie die Sterne funkelt? Und hätte ich je gedacht, dass seine Jäger und seine Kürschner es wirklich fertigbringen würden, mir einen Mantel zu verschaffen, der aus tausenderlei Pelz gemacht ist und zu dem jedes Tier des Reiches seinen Beitrag geleistet hat? Als er mir dieses Kunstwerk stolz über die Schultern legte, wusste ich, dass ich nicht einen einzigen Tag mehr im Schloss bleiben durfte. Ja selbst die Grenzen unseres Reiches musste ich hinter mich bringen, denn er würde mich verfolgen bis in die äußersten Winkel des Landes, und Gefolgsleute, die es zustande gebracht hatten, solche Kleidungsstücke herzustellen, denen würde es nicht schwer fallen, ein flüchtiges Königskind zu finden und es ihrem geilen Herrn ins Bett zu legen.

Ich floh und floh. Ein hohler Baum, fern von meiner Heimat, nahm mich schließlich zur Nacht auf und ich schlief meinen tiefsten Schlaf. Um mich zu wärmen, hatte ich den Pelzmantel um, in einer kleinen Tasche aber trug ich die drei schönen Kleider mit, und außerdem ein goldenes Ringlein, ein goldenes Spinnrädchen und ein goldenes Haspelchen.

Königliche Jäger fanden mich, hielten mich zuerst für ein Tier, wegen des Pelzes, brachten mich aber dann zu ihrem Schloss, wo ich als Küchenmagd eingestellt wurde, wohl mehr aus Mitleid oder aus Neugierde, weil ich so seltsam aussehe, als dass sie wirklich eine Magd gebraucht hätten. In einem dunklen Stall unter der Treppe habe ich mein Zuhause, und seit Monaten trage ich Holz und Wasser, schüre das Feuer, rupfe das Federvieh, kehre die Asche und tue alle schlechte Arbeit. Mein Gesicht und meine Hände färbe ich mit Ruß grau, damit nur ja niemand auf den Gedanken kommt, über mich nachzudenken und mir Fragen über meine Herkunft zu stellen.

Aber tief in mir schlummert der alte Stolz und all die Leidenschaft, die ich mitsamt dem schönen Aussehen von meiner Mutter geerbt habe. Und der König, dem ich jetzt diene, wenn auch so tief unten, dass er noch nicht einmal zur Kenntnis genommen hat, dass ich existiere, dieser König ist schön. Heute feiert er ein Fest. Zum ersten Mal, seit ich hier bin, habe ich mir von meinem Vorgesetzten, dem Koch, etwas gewünscht: Ich wollte nur einmal von einer versteckten Türe aus einen kurzen Blick auf den König und seine gutgekleideten Gäste werfen. Der Koch erlaubte mir eine halbe Stunde. Rasch wusch ich mir den Ruß von Gesicht und Händen und zog, von niemandem beobachtet, in meinem Ställchen das Kleid an, das so golden wie die Sonne ist. Als ich den Festsaal betrat, wichen alle Menschen vor mir zurück und gaben mir den Weg frei, weil sie mich für eine reiche Prinzessin hielten. Gerade als ich vor dem Sitz des Königs angekommen war, begann die Kapelle ein Tanzstück zu spielen, und der König griff galant nach meiner Hand und tanzte mit mir, dass alle Umstehenden nur so in Jubel und Beifall ausbrachen. In dem darauf folgenden Trubel schaffte ich es, rasch in meinen Stall zurückzuschlüpfen, mich wieder zu verkleiden und schmutzig zu machen, sodass ich wieder vor dem Koch stand als das, was alle in mir sahen: das „Allerleirauh". So nennen sie mich wegen der vielfältigen Rauwaren, aus denen mein Mantel gefertigt ist.

Nun wollte aber auch der Koch einen Blick in den Festsaal werfen, also befahl er mir, ausnahmsweise die Suppe für den König selbst zu kochen, während er dem festlichen Treiben zusah. Für mich war das kein Problem, denn ich kann wie gesagt sehr gut kochen. In die Schüssel, in der die Suppe angerichtet wurde, warf ich aber das goldene Ringlein, das ich von zu Hause mitgenommen hatte.

Der König aß die Suppe und muss den Ring wohl gefunden haben. Deshalb lässt er jetzt den Koch rufen, und der glaubt natürlich, die Suppe sei schlecht gewesen und der König wolle sich beklagen.

Ich weiß es besser.

Wenn ich eine Märchenprinzessin wäre, würde ich jetzt, falls mich jemand fragen sollte, zunächst alles abstreiten, bei nächster Gelegenheit würde ich das Ganze mit dem Silberkleid und dem goldenen Spinnrädchen wiederholen, und für ein drittes Mal wäre ich ja mit dem funkelnden Sternenkleid und dem goldenen Haspelchen ganz gut gerüstet.

Ich bin aber keine Märchenprinzessin, sondern eine ganz gewöhnliche Königstochter, die man von zu Hause vertrieben hat. Ich bin ein lebendiges Mädchen, das sich verliebt hat und das längst genug davon hat, in Verkleidung und Heimlichkeit zu leben. Ich will wieder sauber sein und duften, ich will tanzen, singen und reiten, ich will in einem sonnigen Zimmer wohnen und in einem bequemen Bett schlafen. Und ich will einen Mann.

Deshalb werde ich nichts von dem tun, was in Märchen passiert und was wohl dazu dienen soll, die Spannung zu erhöhen. Mir ist es Spannung genug, jetzt, während der Koch beim König ist, das sternenfunkelnde Kleid anzulegen, mir einmal rasch das goldene Haar zu kämmen, und dann wieder durch jene Türe in den Festsaal zu treten, des Königs Blicke standhaft zu erwidern und zu sagen: „Ja, ich bin es, die diese Suppe gekocht hat. Seht nur, der Ring! Legt ihn mir an, er wird mir passen."

Ob mein Vater auch schon eine Frau gefunden hat? Wenn er klug ist, dann hat er schon längst eine genommen. Die Bedingung meiner Mutter ist doch so leicht zu erfüllen! Denn mit den Augen der Liebe betrachtet, ist jede Frau schön, und Blonde gibt es viele. Ich werde Nachforschungen anstellen müssen, bevor ich mir überlege, ob ich ihn zu meiner Hochzeit einlade. Denn quälen will ich ihn nicht. Wenn er aber selbst bereits sein Glück gefunden hat, dann wird er meines segnen und mir wieder das sein, wozu die Natur ihn gemacht hat: schlicht und einfach ein Vater.

# Das blaue Licht

So nicht! Nicht mit mir! Du bleibe jetzt einmal hübsch dort unten in dem tiefen Brunnen und fürchte um dein Leben! Mein lieber Herr Soldat! Glaubst, dass du klüger sein kannst als ich!

Aber jetzt heißt es überlegen. Ich muss mein blaues Licht wiederhaben. Ohne das Licht bin ich nichts! Eine kleine Magierin mit harmlosen Tricks, leicht zu durchschauen, ein kurz bestaunter Auftritt bei Kinderfesten. Erst das blaue Licht gibt mir wirklich Macht. Das Licht, das nie ausgeht. Warum musste ich es auch in den Brunnen fallen lassen, ich ungeschickte Kuh? Noch weiß der Bursche da unten nicht, welche Kraft in dem kleinen blauen Licht wohnt; entzünde ein Feuer daran, und die kleinen dunklen Gestalten, die hilfreichen Geister sind deinen Wünschen hoffnungslos verfallen. Sie tun alles, was du willst. Darin besteht meine geheime Hexenmacht. Keiner darf davon wissen!

Ich muss nachdenken. Vorgestern, als der Mann an meine Türe klopfte und um ein Nachtquartier bat, wusste ich, dass er der Richtige war. Er würde nicht viel fragen in seiner Situation. Er ist einer von den Soldaten, die der König jetzt, nach Beendigung des langen Krieges, nicht mehr braucht. Er hat sie alle entlassen, ohne Pension, ohne Einkommen, die meisten haben ja nie etwas gelernt außer zu kämpfen. Und zu überleben, das haben sie gelernt. Und der eine klopft bei mir an, ein stattlicher Mann, nicht mehr der Jüngste, aber Arme wie Stahl, ein Oberkörper wie eine Eiche, und der naive Ausdruck im Gesicht, aus dem ich lese, dass er für mich der Richtige ist. Ich hatte gleich den Plan, mir von ihm das blaue Licht aus dem Brunnen holen zu lassen. Aber warum sollte ich ihn nicht bei der Gelegenheit auch die anderen Arbeiten machen lassen, die ich seit Wochen hinausschiebe, weil ich ohne das blaue Licht nicht imstande bin, Helfer zu finden? Soldatenbursche, dich hat der Himmel geschickt! Dumme Redensart, als ob mir der Himmel etwas schickte!

Na gut, er hat meinen Garten umgegraben und alles Holz gehackt, das ich für den Winter brauche. Dafür durfte er in meinem Bett übernachten. Dafür brauche ich noch kein blaues Licht. Man pflegt sich ja und achtet auf sein Aussehen! Es hat ihm sicher ebenso viel Spaß gemacht wie mir. Dann, als wir so dalagen, eng aneinandergedrückt und müde, bat ich ihn, noch eine leichte Arbeit für mich zu verrichten: das blaue Licht, das nie ausgeht, aus dem Brunnen zu holen. Es war der günstigste Moment, denn er war schon fast eingeschlafen und fragte nicht viel, versprach, es zu tun, und begann zu schnarchen.

So ließ ich ihn heute also in einem Korb in den Brunnen hinunter, und als er schrie, dass er das Licht gefunden habe, zog ich ihn wieder herauf. Nun weiß er aber, dass bei mir nicht alles mit rechten Dingen zugeht. Ein Licht, das nie ausgeht, ist nichts Gewöhnliches, selbst wenn man die eigentliche Kraft des Lichtes nicht kennt. Es war also von vorneherein klar, dass der Mann den heutigen Tag nicht überleben durfte. Er würde alles ausplaudern, diese Soldaten können ja doch ihren Mund nicht halten, wenn sie etwas erlebt haben und wenn im Zuge des Erlebnisses noch dazu eine Frau zu Fall gekommen ist. Mein Plan war, ihn nahe an den Rand des Brunnens zu ziehen, ihm das Licht abzunehmen und ihn dann wieder hineinfallen zu lassen. Dann vielleicht noch ein paar große, schwere Steine darauf - aus!

Aber der Idiot war gerissener, als ich es von ihm erwartet hatte. Als ich mich nach dem Licht bückte, um es ihm aus der Hand zu nehmen, zog er es weg und sagte, er würde es mir erst geben, wenn er mit beiden Füßen auf dem Boden stehe. Ich war so verrückt vor Wut, dass mir im Augenblick nichts anderes einfiel, als ihn mitsamt meinem Licht wieder hinunter fahren zu lassen. Nein, nein, mein lieber Herr Soldat, so nicht! Nicht mit mir!

Aber jetzt heißt es nachdenken. Was habe ich für Möglich-
keiten? Ich könnte warten, bis er unten gestorben ist, und dann
versuchen, das Licht zu holen. Aber wer zieht mich herauf?
Und jemand anderen kann ich nicht bitten, das Licht zu holen,
denn der würde die Leiche finden. Ich könnte ihn wieder
heraufziehen und noch einmal versuchen, ihm das Licht zu
entreißen. Aber jetzt ist er vorgewarnt und wird sich nicht so
leicht überlisten lassen. Ich könnte ihn aus dem Brunnen lassen,
aber würde er mir dann das Licht wirklich freiwillig geben?
Und was dann? Ich müsste ihn töten, aber das wäre auch das
Ende meiner Hexenmacht, denn der Tod eines Menschen, der
das blaue Licht einmal berührt hat, bedeutet auch das Ende der
Kraft des Lichtes, so ist es bestimmt.

Ich werde mein Kräuter-Spiegel-Orakel befragen. Vielleicht
kann mir ein Blick in die Zukunft helfen, die richtige Lösung zu
finden.

Der alte Hexenspiegel liegt gut eingepackt in der untersten
Schublade meiner Schlafzimmerkommode. Hier, komm her,
mein Fenster in die Welt des Kommenden. Ich stelle ihn auf
den Küchentisch, er beschlägt sich in Sekundenschnelle, wie es
sich für einen guten Hexenspiegel gehört. Ich weiß, aus dem
Beschlag werden die Bilder steigen, nach denen ich frage.

Aus den getrockneten Kräutern in der dritten Lade drehe ich
mir eine Zigarette und zünde sie an. Tief inhaliere ich den
bitteren Rauch, schließe die Augen und beginne mich auf den
Soldaten in meinem Brunnen zu konzentrieren. Die Bilder
werden kommen, verworren zwar und ohne Zusammenhang,
den muss ich mir selbst herstellen. Aber sie werden mir vieles
über das Bevorstehende verraten.

Aus der linken unteren Ecke des Spiegels steigt die Vision einer
großen Volksmenge. Fliehen sie oder laufen sie zusammen?
Lachen und jubeln sie, oder schreien sie vor Angst? Dort kniet
der König und unterschreibt ein Dokument. Gleichzeitig zieht

seine Tochter zur Hochzeit in die Kirche ein, und der Mann an ihrer Seite ist - mein Soldat?

Er wird also weiterleben. Ich muss ihn aus dem Brunnen holen, oder vielleicht findet er von selbst heraus. Ich brauche aber seine Verschwiegenheit! Mir ist alles recht, wenn er nur die wirkliche Kraft des blauen Lichtes nicht entdeckt. Was soll ich tun? Ich werde mich wieder konzentrieren müssen.

Ein kräftiger Mann - mein Soldat? - sitzt in einer Gefängniszelle. Er erinnert sich an eine Frau. An mich? Aus der dunklen Silhouette des Mannes steigt durchsichtig und nebelbleich der Inhalt seiner Gedanken. Es ist die Königstochter. Sie wird von dunklen Dienern in ein Zimmer getragen. Dann sind die beiden nackt. Ich kann sie nicht mehr auseinanderhalten. Ein Mädchen kehrt die Stube, putzt Stiefel - Soldatenstiefel - und verrichtet andere niedrige Arbeiten. Ich sehe drei Nächte. Der muskulöse Mann kniet hinter ihr und ... Als sie den Kopf hebt, erkenne ich die Prinzessin.

Über die Prinzessin wird er sich also an dem König rächen, der ihn so unversorgt aus seinen Diensten entlassen hat. Aber wie kommt er an die Tochter des Königs heran? Der bittere, heiße Krautrauch zieht in meine Lunge. Ich muss schauen!

Sie sind ihm auf die Schliche gekommen. Irgendwelche Spuren sind gelegt und verfolgt worden. Hinter dem Kerker bereitet der Henker die Schlinge vor, und aus dem vergitterten Fenster der Zelle dringt mattes blaues Licht.

Blaues Licht? Wird es mir nicht gelingen, es ihm abzunehmen? Nun ja, er ist kräftig und gewohnt, Dinge, die ihm anvertraut worden sind, mit allen Mitteln zu verteidigen. Das Licht der Hilfe kann auch ein Licht der Rache werden. Wird er - werden wir es gegen den König einsetzen? Überlasse ich es ihm? Spiegel, erzähle!

Gaffende Gesichter umrahmen den trüben Spiegel, brüllende Münder, erregt ausgestreckte Finger weisen in die Mitte. Der Henker hat sein Werk vollbracht. Da fährt durch die Schlinge eine Riesenkatze, eine schreiende Frau auf dem Rücken. Die Schlinge zieht sich zusammen, die baumelnde Frau schreit nicht mehr.

Wenn er sich mit Hilfe des blauen Lichtes am König rächen kann und wird, hat er dann nicht auch Grund, sich an mir zu rächen? Dafür, dass ich ihn in diesem Brunnen schmachten ließ? Ich gerate in Panik. Das Bild im Spiegel wird schärfer:

Zu Füßen der gehenkten Hexe zündet sich der Soldat mit dem blauen Licht seine Pfeife an.

Er kann nicht ... ! Ich muss mich vergewissern. Ich renne aus dem Haus.

Stimmen in der Tiefe des Brunnens? „Wenn du das Licht entzündest, muss ich alles tun, was du verlangst." – „... die Hexe vor Gericht!"

Ich blicke hinunter. Der Soldat raucht seine Pfeife, eine kleine dunkle Gestalt ist bei ihm. Mir wird übel. Wegdrehen, fliehen, wohin? Wovor?

Aus dem nahen Wald rast eine riesige Katze auf mich zu ...

# Rotkäppchen

Hier ungefähr könnte es gewesen sein. Oder zumindest an einer Stelle wie dieser. Ich bin jetzt eine gute halbe Stunde von unserem Dorf entfernt, mein Gott, ich bin nicht allzu flott gegangen. Schließlich hetzt mich ja niemand. Ob ich meinem Großvater die Flasche Wein und den Kuchen ein paar Minuten früher oder später bringe, ist doch völlig egal. Und der Weg durch den sonnendurchfluteten Wald ist so schön, dass ich mich gar nicht beeilen will. Hier zum Beispiel diese Lichtung, sie scheint von den buntesten Blumen nur so überzugehen. Am Rand stehen Himbeerstauden, die Früchte beginnen jetzt schon rot zu werden, wenn ich hinschaue, kann ich direkt den süßen, warmen Geschmack der reifen Beeren auf der Zunge schmecken. Weiter vorne, dort wo die alten Bäume dichter stehen, wo sich das Aroma des Waldes unter den dicken Nadeldächern einschließt und wo es um eine Nuance dunkler ist, dort riecht es intensiv nach Pilzen, und wenn ich in den nächsten Tagen einmal Zeit und Lust habe, dann werde ich mich auf die Suche nach ein paar schönen Exemplaren machen. Das ist schon eine meiner Kindheitserinnerungen: die zerschnittenen Pilze auf Zeitungspapier, die zum Trocknen ausgebreitet waren, um dann irgendwann einmal eine Suppe zu ergeben oder sonst irgendein Gericht, das an einen schönen Ausflug in den Wald erinnerte.

An so einer Stelle wie hier könnte es also gewesen sein. Hier könnte das Zusammentreffen zwischen dem Mädchen und dem Wolf stattgefunden haben. Wie oft habe ich diese Geschichte wohl gehört! Oft habe ich sie ja auch hören wollen. Irgendetwas an der schaurigen Erzählung von dem einsam dahinwandernden Mädchen mit der lächerlichen roten Kappe und dem freundlich tuenden Wolf muss mich gereizt haben. Und ich habe den Eindruck, dass meine Eltern die Geschichte auch gerne erzählten. Sie gab ihnen wohl auf eine unbefangene Weise Gelegenheit, ihre heranwachsende Tochter vor den

Gefahren, die dort draußen in der bösen Welt lauerten, zu warnen.

Dabei ist das alte Märchen ja wirklich kindisch! Ein Wolf, der sprechen kann - na ja, so etwas nimmt man in einem Märchen einfach hin. Ein Wolf aber, der Großmutter und Enkelin fressen kann, ohne schwere gesundheitliche Schäden davonzutragen (abgesehen von überlautem Schnarchen, was ja auch nicht gerade gesund ist, was aber in besagtem Märchen den beiden Gefressenen infolge der großen Aufmerksamkeit eines Jägers oder Försters das Leben rettete) - ein Wolf also, der imstande ist, zwei Menschen zu verschlingen, der müsste ja eigentlich beinahe dinosaurierartige Ausmaße gehabt haben. Doch welchem Kind ist das nicht egal? Und dann das ziemlich blutige Ende, als der Wolf aufgeschnitten und mit schweren Steinen wiederbefüllt wird! Im Märchen gibt es kein Blut, keinen Schmerz, keine unappetitlichen Details. Man entnimmt den Inhalt und ersetzt ihn durch etwas anderes, so als ob der Leib des Wolfes ein einziger sackartiger Hohlraum wäre ohne Magen und Gedärme, ohne Drüsen, Nieren und Arterien; nur ein Hohlraum mit Fell außen herum, und natürlich mit großen Ohren (damit ich dich besser hören kann), mit großen Augen (damit ich dich besser sehen kann), und mit einem großen Maul, durch das nicht nur das zarte Mädchen, sondern auch die wahrscheinlich etwas korpulentere Großmutter durch- schlüpfen konnte, ohne sich auch nur einen nennenswerten Kratzer zuzuziehen, wie man ihn beim Vorbeirutschen an einem durchschnittlichen Wolfsgebiss eigentlich erwarten müsste.

Hier also könnte es gewesen sein. Die Lichtung mit dem sie umgebenden Gesträuch müsste ja jeden einigermaßen taktisch klugen Wolf geradezu magnetisch anziehen. Ich könnte übrigens meinem Großvater wirklich ein paar der schönen Blumen mitbringen. Meinen Korb, der auch immer schwerer zu werden scheint, je länger der Weg dauert, stelle ich hier ab. So! Also, wenn mir so ein Wolf begegnen würde, ich würde ...

Wie würde eigentlich ich reagieren? Das Rotkäppchen im Märchen stellt sich ja ziemlich naiv an. Was würde ich sagen oder tun? Es ist gar nicht so leicht, sich vorzustellen, dass man von einem Wolf angesprochen wird. Zunächst einmal würde es wohl davon abhängen, ob ich ihn zuerst sehe oder höre. Wenn ich ihn zuerst sähe, würde ich gewaltig erschrecken, denn Wölfe sind furchterregende Tiere. Sollte ich ihn zuerst hören, würde es wahrscheinlich von seiner Stimme und seiner Ausdrucksweise abhängen, ob ich erschrecke, beziehungsweise wie ich erschrecke. Es gibt ja auch einen freudigen Schreck.

Oh, dort drüben sind ja wunderschöne lila Blüten, davon nehme ich auch noch einige mit.

In der Geschichte vom Rotkäppchen fragt der Wolf das nichtsahnende Mädchen ziemlich unverblümt aus. Na ja, das arme Kind war ja nicht vorgewarnt, ihm hatte man das Märchen vom Rotkäppchen ja noch nicht erzählen können, weil es selbst das Rotkäppchen war. Die einzige Sorge, die Rotkäppchens Mutter gehabt zu haben scheint, war die, dass die Weinflasche zu Bruch gehen und die arme Großmutter nichts zu trinken haben könnte. Wirft ein ziemlich klares Licht auf die Großmutter! Ja, das Rotkäppchen war also auf das Zusammentreffen mit einem Wolf nicht vorbereitet. Und ein Wolf, der mit einer menschlichen Stimme sprach, hatte wohl von vornherein etwas Zutrauliches, wenn nicht vielleicht sogar etwas Abenteuerliches für ein Mädchen, dessen Leben mit Abenteuern ansonsten wohl nicht gerade gesegnet war. Und so verriet sie ohne zu zögern, dass sie zu ihrer Großmutter unterwegs war, und auch wo diese wohnte. Das könnte ich eigentlich auch tun. Ich würde sagen: „Ich gehe zu meiner armen Großmutter, die allein in dem Haus unter den drei großen Eichbäumen wohnt." Der Wolf würde das glauben und würde in dem beschriebenen Haus meinen stattlichen und trotz seiner 60 Jahre noch sehr kämpferischen Großvater antreffen, der übrigens so nebenbei eine erlesene Sammlung an eindrucks-vollen und funktionstüchtigen Schusswaffen sein eigen nennt.

Komisch, dass da herüben, wo der Wald die dunkelsten Schatten auf die ansonsten sonnenbestrahlte Lichtung wirft, die schönsten Blumen zu stehen scheinen.

Diesen Umstand machte sich ja auch der Wolf in dem Märchen zunutze. Er machte das Mädchen auf die Möglichkeit aufmerk-sam, der armen Großmutter auch Blumen mitzubringen, wohl wissend, dass das Kind im Zuge des Pflückens immer näher an den Waldrand und damit auch immer weiter vom Weg weg gelangen würde, wodurch er Zeit gewann, zu der alten Frau zu eilen, sie zu fressen, sich - man höre und staune - zwecks Ver-kleidung ihr Nachthemd und ihre Schlafhaube überzuziehen und sich so unter die Bettdecke zu kuscheln, dass das Rot-käppchen, als es endlich eintraf, im Halbdunkel des Raumes wirklich glauben konnte, der Großmutter gegenüberzustehen.

Wenn mich der Wolf auf die Blumen hinweisen würde, dann würde ich...

Ich könnte ihn zum Beispiel überreden, mit mir zu pflücken. Nein, schlecht, ein Wolf kann vielleicht sprechen, aber er hat keine Hände, mit denen er pflücken kann. Oder ich könnte ihn in die Nähe der Himbeerstauden locken, damit er sich an ihren Dornen seine Haut zerreißt. Oder ich könnte ihm, während er mit seinem Maul zu pflücken versucht, die Weinflasche über den Schädel ziehen, dass ihm Hören und Sehen vergeht. Oder - ich könnte ...

Ach Gott, was denke ich da für Unsinn vor mich hin. Tatsächlich hätte ich wohl eine riesengroße Angst. Ich würde wie gelähmt dastehen und völlig vergessen, dass ich bis dahin die Erzählungen von Wölfen, die alleinstehende Mädchen ansprachen, für lächerliche Märchen gehalten habe. Wenn ich jetzt so darüber nachdenke, läuft mir tatsächlich eine Gänsehaut den Buckel hinunter. Immerhin bin ich weit weg von jeder Zivilisation, ich könnte schreien, so viel ich will, niemand würde mich hören und mir zu Hilfe kommen. Die ganze schöne Waffensammlung meines Großvaters würde mir nichts nützen, der Wolf würde mit mir tun können, wozu er Lust hätte. Zur Gänze verschlingen wie im Märchen würde er mich natürlich nicht können, aber die Realität wäre ja noch viel entsetzlicher: Er würde mich zerreißen, riesige klaffende blutige Wunden würde er mir schlagen, seine gewaltigen Zähne würden durch meine zarte Haut dringen wie durch feinstes Seidenpapier, seine langen Klauen würden keinen Quadratzentimeter meines Körpers unverletzt lassen, und ich würde eines einsamen, schrecklichen Todes sterben!

Also gut, ich bin froh, dass es keine Wölfe mehr in unseren Wäldern gibt. Es gibt doch keine mehr, oder?

Was raschelt da hinter den Himbeeren? Vielleicht nur ein Vogel oder eine Maus, die in ihr Loch schlüpfte. Ich glaube, ich gehe lieber wieder zum Weg zurück, und dann im Galopp zu Großvater.

Aaah! Ein riesiger grauer Schatten am Rand der Lichtung! Nein, hier liegen Hunderte Granitblöcke im Wald, von irgendeiner blöden Eiszeit vergessen.

Ich Dummkopf! Jetzt war ich doch wirklich einen Augenblick lang nicht sicher...

# Rapunzel

Betrogen! Jahrelang, wer weiß wie lange, hast du mich betrogen! Jetzt hast du dich verplappert, mein Kind. Du hast dich verraten. Und lächelst noch, grinst breit bei meiner Fassungslosigkeit!

Du bist mein! Ich habe dich gekauft. Als dein Vater aus meinem Garten die Rapunzeln stahl, um die Fressgier deiner schwangeren Mutter zu befriedigen, da habe ich dich gekauft. Du bist mein Eigentum.

Er muss mich beobachtet haben, dieser Königssohn, dieser dahergelaufene Nichtsnutz, von dem du sagst, er sei viel leichter heraufzuziehen als ich. Damit hast du dich verraten, und ihn. Ob du das wolltest? Verrückt werden könnte ich vor Wut, wenn ich daran denke! Wie lange kommt er denn schon, Nacht für Nacht, während ich glaube, dass du in deinem Turm sicher bist vor den Verlockungen der Welt? Als du zwölf warst, sperrte ich dich hier herauf, denn du warst das schönste Kind unter der Sonne. Und du warst mein Eigentum, Rapunzel.

Was für ein scheußlicher Name - Rapunzel! Er war ein Teil meiner Strategie. Niemand sollte dich begehren, niemand sollte dich haben wollen, schon der Klang deines Namens sollte jeden abschrecken. Und er sollte dich dein ganzes Leben lang an den Pakt erinnern, durch den ich dich erwarb. Das schönste Mädchen gegen gemeinen Feldsalat. Die süßeste Blume der Menschheit als Tauschobjekt gegen das billigste Gemüse. Ich hatte gut getauscht.

Und jetzt bist du mein. Niemandes Tochter als derjenigen, die niemandes Mutter sein kann. Frucht meines Leibes nicht, mein Leib wird nie Früchte kennen; aber Frucht meines Willens, in all deiner Schönheit, in der verruchten Beweglichkeit deiner Hüften, in der Geschicklichkeit deiner Hände, mit der du mir so oft Kränze ins Haar geflochten hast und Maschen gebunden an den Kragen meines Kleides, wenn ich tagsüber in deinem Zimmer weilte und wehmütig erkannte, wie rasch Stunden und Jahre vergingen. Frucht meines Willens in der Ausdrucksfähigkeit deiner Augen und im Wohlklang deiner Stimme, die mir leise Lieder ins Ohr sang, während ich dalag an deiner Seite und beobachtete, wie die Sonne vor deinem Fenster langsam, und doch zu schnell, ihren Weg über den Himmel ging.

Er muss mich beobachtet haben. Er hat wohl die Melodie gelernt, mit der ich dich rief: „Rapunzel, Rapunzel, lass dein Haar herunter!" Er hat wohl gesehen, wie dein Gesicht im Fenster erschien. Dein Gesicht! Weißt du nicht, dass ich dir, wenn ich nur wollte, eine Hasenscharte zaubern könnte oder entstellende Flechten? Einen Kropf an deinen Hals und schlaffe, runzelige Brüste? Du bist die Frucht meines Willens, zu meinem Genuss geschaffen, verstehst du? Zu meinem Genuss! Meinem!

Wie du mich ansiehst! Wie oft habt ihr wohl über mich gelacht in jenen Nächten, wenn er bei dir war, um das zu genießen, was ich euch gestattete, weil ich dich so haben wollte, wie du bist? Hat er, als er die samtige Haut deiner Schenkel streichelte, daran gedacht, dass mein Wille sie so sein ließ? Hat er, als er an deinen Fingern saugte, gewusst, dass ich sie verkümmern und verdorren hätte lassen können, sobald mir die Lust dazu kam? Hast du ihm, wenn er in dich drang, von der innigen Zärtlichkeit erzählt, mit der ich dich umhüllt habe, seit du anfingst, eine Frau zu werden? Oder hast du ausgespuckt und dir die Lippen gewaschen, wenn ich dich verlassen hatte, weil dir ekelte vor meiner Berührung?

Wie du mich ansiehst! Aber nein, Rapunzel, du wirst mich nicht zum Weinen bringen. Nicht jetzt. Nicht hier. Meine Trauer um dich, um uns, ist fast zu tief für Tränen. Und dein Blick, mit dem du mich musterst, mit dem du deine Überlegenheit ausspielst, die Überlegenheit einer Frau, die empfangen und gebären kann, die unsägliche Arroganz einer Frau, die den Samen menschlichen Lebens erweckt, statt wie ich Rettich und Rapunzel in ihrem Garten zu ziehen, dieser stolze, nackte, unkeusche Blick, der mich wahrscheinlich vernichten soll, der mir mein Maß weisen soll, er macht mich zornig bis zur Raserei. Du wirst zahlen! Ihr beide werdet zahlen!

Er hat wohl meine Melodie nachgesungen, und als du ihn unten stehen sahst, konntest du nicht widerstehen. Vielleicht hat er auch deine Stimme gehört, als du deine Lieder sangst. Ich, ich habe sie dir beigebracht, weißt du noch? Das Lied vom Wald zum Beispiel, oder das Mondlied -

„Steht am Himmel ein Gesicht,
wem's gehört, das weiß man nicht.
Setzt sich nieder in den Bäumen,
und die Menschen müssen träumen.

Lächelnd geht es wieder fort,
blickt auf einen and'ren Ort.
Malt mit seinem milden Schimmer
Bildnisse in jedes Zimmer."

Hast du sie ihm vorgesungen, meine Lieder? Unsere Lieder? Hast du ihm Lieder von der Liebe vorgesungen, während er über die zwanzig Ellen deines goldenen Haares zu dir herauf- kletterte, wie ich es ihm wer weiß wie oft vorgemacht hatte?

Ich Idiotin! Wie konnte ich annehmen, dass dein Versteck ewig unbemerkt bleiben würde? Ich hätte dich in einem Keller einmauern müssen, ich hätte bei Nacht als Fledermaus in deine Kammer flattern müssen, ich hätte -

Ich habe meine Kunst schlecht genutzt. Ein einfacher Prinzen- tölpel hat mich an Einfallsreichtum überflügelt. Ja ja, sag nichts! Ich weiß, du wirst behaupten, beim ersten Mal habest du ge- glaubt, ich sei es, die „Rapunzel, lass dein Haar herunter" sang, du habest daraufhin dein Haar wie immer an einem Fenster-haken festgemacht und hinabgelassen, und erst als im Halb-dunkel ein unbekannter Mann vor dir stand, habest du deinen Irrtum bemerkt. Ja ja, zuerst hast du natürlich schreien wollen, mich zu Hilfe rufen, aber er hat dir den Mund zugehalten und gedroht, wenn du ihn verraten solltest, dann würde er das ganze Land mit Krieg überziehen und viele unschuldige Menschen müssten dran glauben. Allmählich, wirst du sagen, habe er sich dein Vertrauen erschlichen, dich vielleicht auch mit Ver-sprechungen und der Aussicht auf teure Geschenke gefügig gemacht, du habest widerwillig gute Miene zum bösen Spiel gemacht und habest, sooft er dir, natürlich gegen deinen Willen, Gewalt antat, an mich und meine Güte gedacht. Sag nichts! Ich glaube dir kein Wort! Ich sehe so vieles, von dem du armseliges Menschlein keine Ahnung hast. In der Truhe dort, stapelt sich dort nicht bereits die Seide, die er dir mitgebracht hat, Stück für Stück, Nacht für Nacht, damit du dir daraus eine Leiter flechten kannst, um zu fliehen bei der ersten Gelegen-heit? Viel fehlt nicht mehr. Ja, ich sehe vieles. In deinem Bauch krümmt sich, wie Würmchen, schon neues Leben. Du wirst Zwillinge haben. Von ihm. Sie sind noch so winzig, und doch in ihrer Winzigkeit so mächtig, wie ich es nie sein werde mit all meiner Hexenkunst.

Du weißt es noch nicht, aber das ist es, was deinen Blick so überlegen macht. In der Dunkelheit deiner Augen sehe ich dich als Mutter. Und genau damit willst du mich vernichten. Mich, die Fruchtlose, die Hässliche, die dein schönes Gesicht ge-braucht hat, wie andere Frauen einen Spiegel brauchen. Mich willst du treffen mit dem allmählichen Anschwellen deines schlanken Leibes, der mir damit umso stärker vor Augen führen sollte, wie mein Leib vertrocknet, wie meine Haut zerknittert, wie meine Haare grau werden und meine Beine schwach.

Aber so geht das nicht, mein Täubchen! Du hast dich zu früh verraten, deine Flucht ist missglückt. Ihr werdet zahlen!

Zuerst wirst du mit deinem Haar bezahlen. So lange gewachsen und so rasch abgeschnitten. Und dann werde ich dich in die entlegenste Wüste bringen, dort magst du dich deiner Fruchtbarkeit erfreuen! Dort kann dein Leib dicker und dicker werden, unter Schmerzen sollst du gebären und nicht wissen, womit du dich und deine Kinder - seine Kinder - am Leben erhalten sollst. Ich könnte dir deine wunderschöne Leibesfrucht, wenn ich wollte, jetzt sofort abtöten. Das wäre eine Kleinigkeit. Aber ich werde sie dir zur Strafe lassen. Du hast meine Liebe für nichts erachtet und mit Füßen getreten, jetzt sollst du mit meinem Hass leben müssen! Auch deine schöne Stimme und die Erinnerung an all die Lieder will ich dir lassen, damit du miterleben musst, wie es ist, wenn man verlockend singt und niemand, niemand kommt.

Dann werde ich dein Haar an den Fensterhaken binden und heute, in der Neumondnacht, in den Armen deines Prinzen liegen, denn er wird mich nicht erkennen. Mit deinem Duft werde ich mich umhüllen, die Geschmeidigkeit deiner Haut wird mich kleiden, und im Rhythmus der Atemzüge, die er von dir kennt, werde ich meine Schenkel um ihn schlagen, um allen Saft aus ihm zu saugen, den du ihm gelassen hast. Aber mein Gesicht werde ich entstellen, alle Kraft, zu der eine Zauberin fähig ist, will ich in dieses exquisite Kunstwerk der Hässlichkeit legen, um dann, wenn er wehrlos und aller Waffen ledig in meinen Armen ruht, die Lampe zu entzünden und ihn zu zwingen, mich anzusehen. Dann mag er meinetwegen aus dem Fenster springen und hoffen, blind zu werden, um nie wieder so Entsetzliches sehen zu müssen. Dann mag er als Irrer durch die Welt ziehen, niemandes Bruder, selbst niemandes Feind. Von mir aus soll er dich finden, falls er dich noch erkennt. Mir ist das egal. Ich habe dann meinen Preis gehabt. Endgültig.

Jetzt komm. Die Schere ist geschliffen.

Höre doch, wie ich singe:

„Rapunzel, Rapunzel,
lass dein Haar ..."

# Das Eselein

So habe ich es also durchgesetzt. Ich sitze neben dir, du kleines, unscheinbares Prinzesschen, und beobachte, wie dir der Anblick meines Eselsfells einen feinen Hauch von Gänsehaut auf die Unterarme zaubert. Das Geplapper der anderen Gäste, die leise Untermalung durch die höfischen Musiker, das Genage an Entenbeinen und Hühnerflügeln gibt mir Zeit und Gelegenheit, dich zu betrachten und über meine Zukunft nachzudenken. Ja, ich spüre es, du wirst es sein, das Opfer, das Objekt, an dem ich meine Kunst zur Vollendung bringe. Das sagen mir die unter dem dünnen Kleid kaum verborgenen festen Nippel an deinen Brüsten, das verraten deine zitternden Nasenflügel, wenn du mit perverser Wollust meinen tierischen Geruch einsaugst, das zeigen deine Augen, die über geröteten Wangen nervös und verstohlen, angezogen wie von einem Magneten, sich kaum lösen können von meiner nicht zu übersehenden Männlichkeit. Tja, wenn schon Esel, dann ganz, mit allem, was dazugehört. Du bist nicht die Erste. Ich will sie alle treffen, euch alle. Dich. Die Märchen. „Aber Großmutter, wieso hast du so einen Großen?" fragte das Rotkäppchen und zerlegte sich für den Wolf in leicht verdauliche Brocken.

Ich bin ein Königssohn. Das ist wohl die gelungenste Persiflage auf das menschliche Leben, die es gibt. Geboren um zu herrschen, dabei abgeschirmt, um nichts zu bemerken; belehrt, um nichts kennenlernen zu müssen. Eingespannt in einen goldenen Rahmen wie jene gänzlich vertrockneten und abgedunkelten Bilder der Ahnen im Schloss, von denen eigentlich nur erwartet wird, dass sie zum Rest der Einrichtung passen. Wie sie gehöre ich zu denen, die, wie es heißt, „noch heute leben, wenn sie nicht gestorben sind". Gleichgültig, ob sie überhaupt noch leben wollen, ganz egal, ob das glückliche Strahlen des Gesichtes nur mehr Schminke ist, vor der die Untertanen ihre Opfer bringen, auch wenn der kleine Mensch dahinter sich unbemerkt zurückgezogen hat, um zu schlafen, zu sterben, zu pissen, oder auch nur, um einmal, ein einziges Mal, zu weinen.

Ich bin das einzige Kind meiner Eltern, durch einen Zufall der Natur oder durch schlechte Planung sehr spät geboren. Fast hatten sie die Hoffnung auf Nachwuchs schon aufgegeben. Doch dann kam ich. Ausgerechnet ich! Missraten fast von der ersten Sekunde meines Lebens an. Von zu alten Eltern und einem emsigen Hofstaat in Liebe und Brokat fast erstickt, saß ich schon bald in der Kuppel der königlichen Warte und blickte mit dem Fernrohr um mich. Aber ich betrachtete nicht die Sterne. Ich hielt nach den Menschen Ausschau. Ich habe nie einen Ball besessen; dort aber rannten sie hinter luftgefüllten Lederkugeln her und lachten sogar, wenn sie sich gegenseitig in die Schienbeine traten. In den Dramen unserer Schlossbühne warben galante Kavaliere um züchtige Damen; dort aber haute eine bunte Figur mit einer bunten Zipfelmütze das Krokodil windelweich, und auch darüber lachten sie. Ich beobachtete und konnte mich mit einem Leben am Okular eines Fernrohres nicht abfinden. Kannst du es, schöne Königstochter?

Da ich mich, sehr zum Missfallen meiner Eltern, jeder Form der Erziehung beharrlich entzogen hatte, genoss ich mittlerweile jene Narrenfreiheit im und um das Schloss, die es mir erlaubte, die Ziele meines Lebens für mich zu definieren und allmählich in die Tat umzusetzen. Wenn ich schon als Persiflage auf das Leben geboren war, als Travestie, in der alles, was pulste und stank, was lärmte und sündigte, erstarrt war zu lackierter Gelassenheit, dann wollte ich mich mit eben diesen Waffen am Leben revanchieren. Ich wollte sie so ad absurdum führen, sie, die mich gemacht hatten, wie sie mich in die Absurdität hineingeworfen hatten. Zu allererst veränderte ich mein Erscheinungsbild. Mit Hilfe eines treuen Freundes gelang es mir, eine Eselshaut so um mich zu drapieren, dass sie wie angegossen um meinen Körper lag. Es bedurfte langer Versuche, oft platzte hier etwas, dort behinderte etwas zu sehr meine Beweglichkeit, aber im Laufe einiger Jahre wurde das Kostüm immer perfekter, ich lebte mich auch immer mehr in meine neue Rolle hinein. Ich lernte, mittels ausgeklügelter Technik mit meinen Ohren zu wackeln, mein Gang wurde der eines Tieres auf zwei Beinen, meine Stimme, mit der ich allerdings noch sprechen konnte, wurde rau und doch irgendwie lieb. Man gewöhnte sich an mich. Meine Mutter begann sogar, mir ab und zu liebevoll den Kopf zu streicheln oder mir ein buntes Tuch um den Hals zu legen. Ich war im Zuge meiner Verwandlung braver geworden, wie man es halt von einem zutraulichen Haustier erwartet. Das gehörte zu meinem Plan. Alle schienen an mir Gefallen zu finden. Die Eltern brauchten sich plötzlich nicht mehr für einen ungeratenen Sohn zu genieren: Er war ja nur ein Tier. Die Diener brauchten keine falsche Ergebenheit für einen ungeliebten Prinzen zu heucheln, es genügte, echten Spaß zu empfinden bei den schalkhaften Streichen des Tieres. Die Köche freuten sich, dass ich an billigem Sauerkraut und selbstgeernteten Bauernäpfeln mehr Gefallen fand als an den teuersten Bratenstücken, denn so konnten sie den unverbrauchten Teil des Küchenbudgets in die eigene Tasche stecken. Die Schneider brauchten meine Unduldsamkeit nicht mehr zu fürchten, die Friseure und Kosmetiker nicht meine verächtlichen Grimassen. Die Gäste wurden zahlreicher, denn man wollte mich sehen, und es ging keiner enttäuscht nach Hause, denn das Eselein spielte seine Rolle gut. Nicht zu vergessen natürlich die Mägde und die Frauen und Mädchen der Umgebung des Schlosses, denen ich auf Spaziergängen begegnete, welche mir, wäre ich ein durchschnittlicher Prinz gewesen, wohl verboten worden wären. All diesen Weibern imponierte mein ungeheures Eselsglied, ein wahres Wunderwerk, findest du nicht? Ja, schau nur! Viele wollten es ausprobieren, so wie jetzt wahrscheinlich du, aber das ging natürlich nicht. Und sooft ich mich, in jenen nachtdunklen Verstecken, in jenen Gebüschen und Heuschobern meiner Eselshaut entledigte, um, auf menschliches Maß reduziert, ihre Lust zu befriedigen, flohen sie, verloren ihr Interesse, heuchelten im besten Fall freundliche Zuneigung und gingen ihrer Wege, um am nächsten Tag, wenn sie mich wieder verkleidet sahen, sich wieder die Lippen zu lecken nach überdimensionaler Beglückung.

Für mich war das Wasser auf meine Mühlen. Ich konnte darangehen, meine Parodien zu schaffen. Ich begann mit der bildenden Kunst. Ich ließ den besten Lehrer kommen, den es auf diesem Gebiet gab. Du kennst ihn sicher. Wenn ich nicht irre, hat er auch einige der Bilder gemalt, die in eurem Schloss hängen und auf denen du genau so blass und steif aussiehst wie die jahrhundertealten Ahnen, in die man dich nahtlos einreiht. Von diesem Künstler lernte ich den genauen Strich, die Disziplin der Perspektive, das Abmischen der Farben. Und dann malte ich: Abgezirkelt dasitzende Königsgestalten mit totenschädelähnlichen Fratzen; Herrscherinnen, hinter denen ein Spiegel steht, in dem man das Abbild des Malers sieht, wie er ihnen die Zunge herausstreckt; Jagdhunde, die mit herrisch triefenden Lefzen das Lieblingskätzchen der jungen Infantin zerfleischen; Leibärzte, die sich über den gebärenden Leib der Dame beugen, um das Krokodil aus dem Kindertheater in Empfang zu nehmen. Ich malte Prinzen, die unter den strengen Augen ihrer vertrockneten Ahnen Fußball spielten, ich malte mich selbst, ein Auge zu einem Fernrohr gewuchert, das in abstruser Krümmung Einblick nahm in mein eigenes Arschloch.

Verstehst du, worauf ich hinauswill? Würdest du es verstehen, wenn ich es dir laut erzählen würde?

Dann wandte ich mich der Musik zu. Man wollte mir einreden, ich könne mit meinen Eselshufen keine edle Musik machen. Aber wieder holte ich mir die besten Lehrer. Kantoren und Virtuosen scharten sich um mich, und es dauerte nicht lange, da hatte ich eine solche Kunstfertigkeit erlangt, dass ich sie für meine Zwecke nutzen konnte. Du hast vielleicht gehört, wie gut ich die Laute spielen kann. Ich habe vor eurem Tor gesungen und gespielt, um mir Einlass zu verschaffen, nachdem ich gehört hatte, dass dein Vater alt ist und eine schöne Tochter zu vergeben hat. Beides stimmt übrigens.

Mit all meiner musikalischen Bildung begann ich, meine Lehre von den Septimen zu entwerfen. Ich erhob die Dissonanz zur Grundlage meiner Kompositionen. Sooft Gäste geladen waren, mussten sie meinen Konzerten lauschen, und die Höflichkeit gegenüber dem Spross des Königs verbot ihnen sogar, sich die gequälten Ohren zuzuhalten. Ich engagierte Tänzer, die nach meiner Choreographie und zu meiner musikalischen Begleitung Ballette aufführten, mit Handlungen wie zum Beispiel: Harlekin erschlägt für schöne Prinzessin fürchterlichen Drachen und wird dafür in der Ahnengalerie aufgehängt. Oder: Spärlich bekleidetes Mädchen reitet auf stattlichem Hengst, dieser verwandelt sich in Jüngling, kleidet Mädchen in seine Pferdehaut und reitet auf ihr davon. Oder: Schöne Prinzessin küsst Ahnenbilder, diese werden lebendig und zerschlagen Möbel, die nun nicht mehr zu ihnen passen. Wände stürzen ein, Schloss löst sich auf in Rauch und gewaltigem Feuerwerk.

Als Vorstufe zu meinem endgültigen Schlag diente schließlich die Literatur. Ich fürchte, ich muss lächeln (und du könntest das sehen), wenn ich mich an die perversen, sadistischen, obszönen Abhandlungen erinnere, die ich im Gefolge meiner Lehre bei den gefragtesten und perfektesten Literaten unserer Zeit verfasste. Die von mir veranstalteten Lesungen wurden zu gefürchteten Mittelpunkten des kulturellen Lebens in unserem Reich. Und doch schien mir da auch immer wieder so etwas wie freudvolles Entsetzen durch das Publikum zu wehen, falls es das gibt. Wie die Schläge mit den Birkenruten in unseren Schwitzbädern schienen die Leute jedes meiner gewagten Wortspiele, jede ausschweifende Metapher und jede punktgenau formulierte Attacke mit wonnigem Schauer zu erwarten, ja zu erhoffen. Der Weg war geebnet. Ich war soweit.

Endlich konnte ich mich der höchsten aller Kunstformen zuwenden, jener Kunst, die wie keine zweite menschliche Größe und Miesheit, Unmögliches wie Mögliches, reine Schönheit ebenso wie tiefste hässliche Abgründe zum Inhalt hat: Ich machte mich an die sorgsam vorbereitete Persiflage des Märchens! Wer die Kunst des Märchens beherrscht, der hat das Leben im Griff. Wer das Märchen schlägt, der prügelt die Menschen. Wer sich selbst zum Märchen macht, der kommt Gott gleich, aber einem zustechenden Gott, einem augenausbohrenden Gott, einem Gott, der Spaß daran findet, wenn sich die arme Seele dem Teufel verkauft, ganz gleich, ob sie ihm schließlich verfällt, oder ob ihr die unerwartete Rettung gelingt und der Böse wütend abfährt mit Geheul und Schwefelgestank.

Alles, was mein Leben je gewesen war, und alles, was es je würde sein können, wollte ich mit einem Schlag bloßstellen. Ich wollte, dass alle, die in ihren Roben und Pelzen, in ihrem goldenen Zierrat und ihrer falschen schleimigen Wohltuerei um mich her ihr Dasein führten, ebenso nackt dastünden wie ich selbst ohne mein Eselskostüm. Und, siehst du, dafür brauche ich dich. Du wirst leider ebenso Opfer wie Mittel zum Zweck sein. Schade eigentlich. Aber es wird uns beiden nicht erspart bleiben.

Dein Vater hat dich durch seine Bereitwilligkeit, mir trotz meiner Gestalt den ersten Platz an seiner Tafel einzuräumen, schon zum Opferlamm gemacht.

Dass es so rasch gehen würde, hätte ich mir nicht gedacht, als ich vorhin vor eurem Tor zu singen und spielen anfing. Ich hätte mir, ehrlich gesagt, auch nicht gedacht, dass es letzten Endes so schwer für mich werden würde. Ich konnte mir nicht vorstellen, dass ich hier ein Wesen wie dich sehen würde, das in mir den Wunsch weckt, nie ein Esel geworden zu sein, sondern auf gewöhnlichem, eines Prinzen würdigem Weg um deine Hand anhalten zu können. Aber ich muss mein Spiel zu Ende spielen. Ich habe die Bilder meiner Ahnen vernichtet, indem ich sie karikierte. Die Musik, den Tanz und die Dichtung habe ich zugrunde gerichtet, indem ich ihre Gesetzmäßigkeiten umkehrte und sie in Richtungen trieb, in denen sie zerschellen mussten wie Glasperlen. Jetzt muss ich nur noch mich selbst vernichten. Mich in meiner Gesamtheit, so wie mich stückweise schon jene Mädchen zugrunde richteten, als sie enttäuscht flohen vor meiner gewöhnlichen, nackten Männlichkeit, von der sie sich verhöhnt fühlten, nachdem sie meine künstliche animalische Erektion in Händen gehalten hatten.

Ein einfaches Märchen: Ein altes Königspaar bekam statt eines Sohnes ein Eselchen. Sie lehnten es zunächst ab, aber durch seine Kunstsinnigkeit und sein feines Betragen gewann es bald die Herzen aller Menschen. Als es eines Tages in einem Brunnen das Spiegelbild seiner Eselsgestalt erblickt hatte, ging es traurig von dannen. So kam es an ein Schloss, von dem es hieß, dass darin ein alter König hause, der eine schöne Tochter habe. Mit Saitenspiel und artigem Wesen gewann das Eselein beider Herzen, und bald schon wurde Hochzeit gehalten. Als die beiden Brautleute abends allein in ihrer Stube waren, siehe, da legte das Eselein sein graues Kleid ab und stand vor der Prinzessin als wunderschöner Königssohn.

Siehst du, was ich meine, schöne Jungfer? Spürst du, dass in diesem Märchen alles Unglück, aller Falsch und alle Liebe der Welt eingefangen ist? Du brauchst keine Angst zu haben, du wirst mich nicht einmal an die Wand werfen müssen wie jenen falschen Frosch, du wirst keinen struppigen Bären küssen und keinen hinkenden Zwerg umhalsen müssen. Ich werde mich selbst vor dir bloßstellen. Ich werde noch einmal, und endgültig, meine Eselshaut abstreifen, und dann werde ich warten, was geschieht.

Wenn ich jetzt mit meiner Schnauze über deine Haut streichen dürfte, wenn ich mit meinem Huf zärtlich auf deinen Arm drücken und dir dabei einen Wunsch ins Ohr flüstern könnte, ich würde eine Bitte äußern, so innig wie ein Gebet: Bitte, sei du die Erste, die nicht den liebevollen Blick von einem Menschen wendet, der ihr als Tier gefiel; von einer Wahrheit, die nach einem Blick auf so viel Vorgetäuschtes ernüchternd und durchschnittlich wirken muss!

180

Darum möchte ich dich bitten, und gleichzeitig ahne ich, dass meine Bitte unerfüllt verhallen würde. Du wirst durch deine Enttäuschung mein Werk vollenden. Auch jene Prinzessin damals war eigentlich fasziniert von dem sprechenden Frosch, der ihr die goldene Kugel aus dem Brunnen holte, und letzten Endes hatte sie nur einen gewöhnlichen Prinzen wie Hunderte andere auch. Rumpelstilzchens Zauber verflog, als man ihm einen Namen geben und ihn dadurch gängeln konnte. So wirst auch du mich in meiner Entzauberung schrumpfen sehen und gefesselt dastehen als Betrachterin und Auslöserin meiner großartig aufgebauten Selbstvernichtung.

Denn wenn du so reagierst, wie ich es von dir erwarte und befürchte zugleich, dann werde ich, mein schlaffes Tierfell in der Hand, nackt durch alle Länder gehen und vor Schmerz darüber, dass die Menschen mich in meiner Gewöhnlichkeit gar nicht mehr bemerken, immer kleiner werden, immer kleiner, bis ich an einer entlegenen Kante der Welt endgültig verschwinde.

Solltest du aber - hoffe ich es wirklich? - tatsächlich mit ganzem Herzen auch meine menschliche Mittelmäßigkeit zur Kenntnis nehmen und einfach liebhaben, dann bin ich auf gewisse Weise ebenso vernichtet: Mein Märchen, zu dem ich noch kein Ende weiß, wäre dann zu Ende. Ich würde gemalt, besungen und verehrt. Unsere Tochter würde einen Reifrock tragen.

Und irgendwo, weit entfernt, würden die vom Ballspiel erschöpften Buben einer lustigen bunten Figur lauschen, die von uns erzählt und sagt: „Und wenn sie nicht gestorben sind, dann leben sie heute noch."

# Inhalt

Sneewittchen *5*
Vom klugen Schneiderlein *13*
Rumpelstilzchen *20*
Schneeweißchen und Rosenrot *23*
Hans im Glück *28*
Sechse kommen durch die ganze Welt *32*
Hänsel und Gretel *38*
Das Rätsel *44*
Marienkind *51*
Das singende springende Löweneckerchen *59*
Märchen von einem, der auszog, das Fürchten zu lernen *64*
Das Lämmchen und Fischchen *68*
Aschenputtel *75*
Brüderchen und Schwesterchen *83*
Das tapfere Schneiderlein *90*
Das Meerhäschen *100*
Der Grabhügel *106*
Tischchen deck dich, Goldesel
und Knüppel aus dem Sack *110*
Von dem Machandelboom *120*
Jorinde und Joringel *124*
Hans mein Igel *128*
De drei Vügelkens *134*
Jungfrau Maleen *137*
Das kluge Gretel *145*
Spindel, Weberschiffchen und Nadel *149*
Allerleirauh *153*
Das blaue Licht *158*
Rotkäppchen *163*
Rapunzel *168*
Das Eselein *174*